Bismarck-Anekdoten

Ich bin es müde, Schweine zu treiben

Gesammelt und aufgeschrieben
von Bernhard Thieme

Eulenspiegel Verlag

ISBN 978-3-359-02456-9

Umschlaggestaltung: Verlag
Druck und Bindung: Druckerei Steinmeier, Deiningen

Die Bücher des Eulenspiegel Verlags erscheinen
in der Eulenspiegel Verlagsgruppe.

www.eulenspiegel-verlagsgruppe.de

INHALT

Der »tolle« Bismarck

KINDHEIT

Auf Gut Kniephof gaben Bismarcks Eltern einen Empfang. Der etwa fünfjährige Otto suchte sich einen Platz an einem Tisch, an dem ausschließlich Herren in recht fortgeschrittenem Alter saßen. Überrascht über den unvermittelten Einbruch von so viel Jugend in ihrer Mitte parlierten sie französisch über den Neuankömmling.

»C'est peut-être un fils ou une fille de la maison – Vielleicht ein Sohn oder eine Tochter des Hauses«, meinte einer.

Empört kam die Antwort des Kleinen: »C'est un fils, messsieurs! – Ein Sohn, meine Herren!«

DIE SUPPE BRINGT ES AN DEN TAG

Der kleine Otto wurde eines Tages von seiner Mutter gefragt, ob er denn seine Suppe schon gegessen habe. Unfähig zu lügen (so behaupteten wenigstens später seine Biografen), rannte der Kleine in die Küche, verschlang seine Suppe, eilte ins Wohnzimmer zurück und verkündete wahrheitsgemäß: »Ja.«

SCHULZEIT

Im Jahre 1821 kam Bismarck auf die Plamannsche Erziehungsanstalt in der heutigen Stresemannstraße in Berlin. Dort herrschte ein straffes Regiment nicht nur im Unterrichten, auch die Ernährung entsprach dem spartanischen Geist der Einrichtung. Nach Bismarcks eigenen Worten habe es neben zerkochten Möhren und Kartoffeln hin und wieder auch »elastisches Fleisch gegeben, mit dem der Zahn fertig werden konnte«. Sattgegessen hat sich bei Plamanns keiner der Zöglinge, so dass die Kinder vom Feldhüter der damaligen Köpenicker Flur immer ein paar Kohlrabi erbettelten. Einmal jedoch waren auch die nicht zu haben, und den Kindern drehte sich der Magen gottserbärmlich um. Zu jener Zeit lebte Bismarck den Sommer über mit seinem Bruder allein in der Berliner Wohnung, die Eltern verbrachten die warme Jahreszeit auf Gut Kniephof. Trine Neumann, die Köchin, führte derweil den Haushalt. Die würde ihnen schon etwas vorsetzen. Die ob des Überfalls einer Bande hungriger Knaben erschrockene Haushälterin hatte zwar nichts »Deftiges«, wonach den Bengels gelüstete, im Hause, wusste jedoch Rat und buk einen Berg von »Pannkauken«, die sie zudem noch mit didaktischer Finesse ankündigte: »Klock Säben is hei farig, latens em nich afbaken!«

KÜCHENLATEIN

Bismarck war ein guter Lateinschüler, was ihn nicht hinderte, hier und da über die Stränge zu schlagen und sich einen Jux aus schülerbübischem Küchenlatein zu machen. So schrieb er einmal: »Caesar Ass Liber Cav I ara L ss V er colmet br. Athen.«

Angesichts der entsetzten Blicke seiner Mitschüler gab er gleich selbst eine lesbare Version seiner transkribierten Verballhornung: »Caesar ass li(e)ber Caviar als Sauerkohl mit Brathen.« Wer ohne Fehl, der werfe den ersten Stein.

WAHRHEITSGEMÄSSE ENTSCHULDIGUNG

Als Student in Göttingen nannte Bismarck eines Tages einen seiner Kommilitonen einen dummen Jungen. Der so Gekränkte ließ Bismarck ausrichten, er möge sich bei ihm entschuldigen, anderenfalls müsse er ihn fordern.

»Aber gern will ich mich entschuldigen«, meinte Student Bismarck, »es war keinesfalls meine Absicht, den verehrten Kommilitonen zu beleidigen, ich habe nur meiner ehrlichsten Überzeugung Ausdruck verliehen.«

RAUM IST IN DER KLEINSTEN HÜTTE

Obwohl verboten, waren Mensuren unter den Göttinger Jurastudenten gang und gäbe, und der sauf, rauf- und kampflustige Korpsstudent Otto von Bismarck stand immerhin im Korps »Hannovera« in drei Semestern fünfundzwanzigmal (nach einigen Quellen achtundzwanzigmal) auf Mensur. (Selbst als Reichskanzler hat er sich später noch mit einem Kontrahenten von damals um die Rechtmäßigkeit einer ihm beigebrachten Narbe gestritten.)

Als eines Tages der Pedell die dafür bekannte »Kampfstätte« aufsuchte, waren Bismarck und einer seiner Kommilitonen gerade im schönsten Hauen und Stechen. Aufgeregt meldete ein Studiosus, der vor dem Eingang Wache hielt, das Nahen des gefürchteten Aufsehers. Hals über Kopf stürzten Bismarck und sein Gegner aus dem Raum und suchten in einem Hühnerstall Zuflucht. Doch bevor sie sich darin verschanzten, schrieb Bismarck mit einem Stück Kreide an den Bretterverschlag: »Raum ist in der kleinsten Hütte für ein glücklich liebend Paar.«

DIPLOMATISCHES DUELL

Der englische Student Knight war mit Bismarck eng befreundet. Durch einen im Nachhinein nicht mehr nachzuvollziehenden Grund kam es zwischen Knight und einem anderen Kommilitonen zum – streng verbotenen – Duell. Beide waren übereingekommen, Bismarck zum Sekundanten zu bestimmen. Fieberhaft überlegte der, wie er das Duell verhindern konnte. Die Entfernung, die beide, Rücken an Rücken stehend, zurücklegen mussten, bis es zum Schusswechsel kam, sollte drei Schritt betragen. Bismarck überzeugte sie, dass es mindestens zehn Schritt für jeden sein sollten. Seine Rechnung ging auf. Beide schossen aneinander vorbei.

NOMEN EST OMEN

Mit seinem amerikanischen Kommilitonen Coffin wettete Bismarck 1833 um zwanzig Flaschen Sekt, dass Deutschland in den nächsten zwanzig Jahren eins sein werde. Die Jahre vergingen, aus der Einheit war (noch) nichts geworden, aber der Sekt musste schließlich getrunken werden. Doch von Coffin gab es keine Spur mehr. Bismarck war sogar bereit, nach Amerika zu fahren, um dort seine Niederlage einzulösen, als ihn die Mitteilung erreichte, dass Coffin gestorben sei. Bei der Nachricht soll er geäußert haben: »Nomen est omen – wenn schon einer Coffin (Sarg) heißt!«

DIE SCHWEDISCHE KUSINE

Als Student in Berlin wurde Bismarck von einem Kommilitonen, dessen Mutter Schwedin war und der gerade im Examen stand, gebeten, seiner schwedischen Kusine, die sich Berlin anschauen wollte, die Stadt zu zeigen. Bismarck sagte zu, die schwedische Kusine – die übrigens glaubte, in Bismarck ihren »deutschen Vetter« vor sich zu haben – erwies sich als eine überaus charmante junge Dame, und Bismarck war für sie wohl etwas mehr als nur ein Fremdenführer. Jedenfalls betrieben die beiden ein überaus fruchtbares Studium der Berliner Museen.

Als sich die Schwedin verabschiedete, gestand ihr Bismarck: »Liebe Kusine, ich muss Ihnen ein Geständnis machen. Ich bin nicht Ihr deutscher Vetter – der steht nämlich im Examen und hatte mich gebeten, Ihnen Berlin zu zeigen. Ich heiße Otto von Bismarck.«

Die Schwedin war erstaunt, jedoch mitnichten erzürnt, und verabschiedete sich mit dem Versprechen, bald wieder nach Berlin zu kommen. Doch wie es im Leben so geht – das Versprechen löste sie erst nach Jahrzehnten ein, als Bismarck schon Reichskanzler war. Erst dann meldete sie sich bei ihrem »deutschen Vetter« und wurde in der Wilhelmstraße empfangen. Und da die Dame nichts von ihrem Charme eingebüßt hatte und Bismarck zu Damen bekanntermaßen überaus galant sein konnte, ergingen sich die beiden in heiterer Erinnerung an jene jugendliche Episode.

»Übrigens«, meinte Bismarck während der Unterhaltung, »habe ich Ihnen meine Kenntnis der Berliner Museen zu verdanken. Stellen Sie sich vor – seitdem bin ich nie wieder dort gewesen.«

PREUSSISCHER SÜHNEVERSUCH

Als Referendar am Berliner Stadtgericht war der zwanzigjährige Bismarck zunächst mit Zivilsachen beschäftigt, hauptsächlich mit Ehescheidungen. Sein unmittelbarer Vorgesetzter war Justizrat Prätorius, ein durch die Bürokratie grau und unfähig gewordener Beamter, der während der Gerichtsverhandlungen öfters einnickte. Bei Abstimmungen aus seinem Schlummer geweckt, pflegte er dann zu sagen: »Ich stimme wie der Kollege Tempelhof« – worauf man ihn gegebenenfalls darauf aufmerksam machen musste, dass dieser augenblicklich gar nicht anwesend sei.

Eines Tages musste Bismarck den Sühneversuch bei einem Ehepaar vornehmen, das die Scheidung beantragt hatte. Da er sich nicht nur aus Altersgründen, sondern auch wegen eines »gewissen kirchlichen und sittlichen Nimbus« dazu außerstande fühlte, bat er Prätorius um dessen Beistand.

Mit der gereizten Stimmung eines zur Unzeit geweckten älteren Herrn blaffte ihn dieser an: »Es ist verdrießlich, Herr Referendarius, wenn man sich auch nicht ein bisschen zu helfen weiß; ich werde Ihnen zeigen, wie man das macht.«

Der Fall lag so, dass der Mann geschieden werden wollte und der Frau Ehebruch vorwarf. Die Frau beteuerte tränenreich ihre Unschuld und wollte auf gar keinen Fall von ihrem Mann geschieden werden. Prätorius hob zu seinem Sühneversuch an: »Aber Frau, sei Sie doch nicht so dumm, was hat Sie denn davon? Wenn Sie nach Hause kommt, schlägt Ihr der Mann die Jacke voll, bis Sie es nicht mehr aushalten kann. Sage Sie doch einfach ja, dann ist Sie mit dem Säufer kurzerhand auseinander.«

Darauf die Frau schreiend und weinend: »Ich bin eine ehrliche Frau, ich kann die Schande nicht ertragen, ich liebe meinen Mann.«

Prätorius bestand gebetsmühlenartig auf seinem »Sühneversuch«, mit dem Ergebnis, dass die Frau immer starrsinniger wurde. Schließlich wandte sich Prätorius mit folgenden Worten an Bismarck: »Schreiben Sie, Herr Referendarius: Nachdem der Sühneversuch angestellt und die dafür dem Gebiete der Moral und Religion entnommenen Gründe erfolglos geblieben waren, wurde wie folgt weiter verhandelt.«

Und nicht für das Protokoll, sondern für den grünen Referendar gedacht: »Nun merken Sie sich, wie man das macht und lassen mich künftig mit dergleichen in Ruhe!«

AUTORITÄTEN

Als Referendar am Berliner Stadtgericht war Bismarck für die Protokollierung der Prozesse verantwortlich. Während einer Zivilsache beschimpfte plötzlich der Angeklagte den Kläger berlinisch-derb.

Bismarck herrschte den Angeklagten an: »Wenn Sie sich hier nicht zu benehmen wissen, werfe ich Sie raus!«

Der vorsitzende Richter wies Bismarck zurecht und meinte: »Das Hinauswerfen übernehme im Allgemeinen ich, Herr Referendarius.«

Der Prozess ging weiter. Wieder ließ sich der Angeklagte zu Beleidigungen gegenüber dem Kläger hinreißen. Da erhob sich Bismarck und schrie aufgebracht: »Wenn Sie sich nicht endlich mäßigen, lasse ich Sie durch den Herrn Richter hinauswerfen!«

EIN PYRRHUSSIEG

Besonders beliebt unter den jungen Adligen in Berlin waren die Empfänge in der russischen Botschaft, denn dort verkehrten die schönsten Mädchen, mit denen man tanzen und nach Belieben Champagner trinken konnte. Nur eines störte das perfekte abendliche Vergnügen der jungen Leute: Es gab bei diesen Empfängen nie etwas zu essen.

Bismarck und seine jugendlichen Freunde nahmen

sich vor, dem Botschafter einen Denkzettel zu verpassen. Zu vorgerückter Stunde – getanzt und getrunken hatte man bereits ausgiebig – holten die jungen Leute plötzlich Butterbrote aus ihren Rockschößen, lümmelten sich auf die Etageren und begannen mit sichtlichem Appetit, ihre Stullen zu mampfen. Der Skandal war perfekt, und in der kleinen diplomatischen Welt von Berlin wurde über nichts anderes mehr geredet.

Von nun an gab es bei den Empfängen in der Botschaft immer ein kleines Büffet. Nur – Bismarck und dessen Freunde wurden nie mehr eingeladen.

KURZ UND BÜNDIG

Von all seinen Referendarstellen machte Bismarck die in Potsdam am wenigsten Spaß. Zudem stand er mit dem vorgesetzten Regierungsrat auf Kriegsfuß. Doch da ergab sich die Gelegenheit, dem Ganzen schneller als erhofft ein Ende zu machen.

Eines Tages wollte der junge Referendar bei dem Regierungsrat vorsprechen und diesen um einige Tage Urlaub bitten. Der Vorgesetzte ließ Bismarck über eine Stunde warten, so dass dem die Seele kochte. Als er endlich zu dem Regierungsrat vorgelassen wurde, sagte er nur kurz und bündig: »Eigentlich wollte ich um ein paar Tage Urlaub bitten. Aber dankenswerterweise haben Sie mir genug Zeit gelassen, gleich um meine Beurlaubung nachzukommen.«

PREUSSISCHE BÜROKRATIE

Mit den Auswüchsen der preußischen Bürokratie musste sich Bismarck schon recht bald auseinandersetzen. Nebst dem tumben Landadel, der »nichts weiter zu tun hat als seine Ahnen zu zählen«, rieb er sich als junger Beamter an der buchstabentrockenen Administration am meisten. Als Kreisdeputierter und Stellvertreter des Landrats geriet er mit der Provinzialregierung in Stettin einmal in einen Konflikt, den er mit der ihm schon damals eigenen bissigen Ironie löste.

Als er den beurlaubten Landrat vertrat, erhielt er von der Provinzialregierung den Auftrag, den Gutsherrn von Külz – das war niemand anderes als Bismarck selbst – zur Übernahme gewisser Lasten zu bewegen. Bismarck wollte diesen Auftrag dem Landrat bei dessen Rückkehr übergeben, wurde allerdings wegen seiner Säumigkeit mehrmals gemahnt und schließlich mit einer Ordnungsstrafe von einem Taler belegt.

Daraufhin setzte Bismarck ein Protokoll auf, in dem er sowohl als der stellvertretende Landrat als auch als der Gutsherr von Külz agierte; erteilte dabei als Ersterer dem Letzteren die von der Regierung geforderte Vorhaltung, führte jedoch gleichzeitig an, weshalb Letzterer im gegenwärtigen Stadium dem Ansinnen der Regierung nicht nachkommen könne. Darauf ließ er das Protokoll einerseits von dem stellvertretenden Landrat, andererseits von dem Patronatsherrn über die Gemeinde Külz unterzeichnen.

Sowohl der Instruierte als der Instruierende unterzeichneten mit: Otto von Bismarck.

Nun – in diesem Falle verstand die Regierung sogar Scherz, machte gute Miene zum bösen Spiel und erließ dem stellvertretenden Landrat die Ordnungsstrafe.

GELD ODER LIEBE

Mit zweiundzwanzig war Bismarck auch in der Damenwelt ein Hans Dampf in allen Gassen; verliebte, verlobte und entlobte sich hier und da. So stürzte er sich schon einmal in ein Abenteuer mit einer »femme de qualité von 36 Jahren«. Dabei gab er bei all seinen Amouren mehr Geld aus, als er hatte – und das wurmte ihn mächtig. »Belgien«, schrieb er seinem älteren Bruder Bernhard (der immer wieder Geld beim Vater für ihn lockermachen musste), »wäre das gelobte Land für den heiratslustigen gentleman; ein reicher Adel und keine Majorate.« Im Sinn hatte er eine Demoiselle aus Brüssel, neunzehn Jahre, »hübsch, schlau und von der feinsten Bildung ... ist mit 10 000 Frcs. unschwer zu haben und würde nach dem Tode der bejahrten Mutter 50 000 Frcs. dazubekommen.«

Doch seine große Liebe in dieser Zeit war Isabella Lorraine-Smith, eine bildschöne Engländerin, zwar von (Land)Adel, aber nicht sonderlich reich. Dennoch sprach er von seiner »definitiven Verehelichung«, und die Reise mit den Lorraines von Wiesbaden über Frankfurt den Oberrhein hinauf bis Straßburg und in die Schweiz wäre fast seine Hochzeitsreise geworden. Doch da setzten sich eines Abends »Schwiegervater« und »Bräutigam« zusammen und redeten einmal von Mann zu Mann, nämlich über Geld, das der potenzielle Verlobte nur in Form von Schulden reichlich hatte. Und so ward ihm »die Prise von einem einarmigen Obristen mit 50 Jahren, 4 Pferden und 15 000 rl. Revenüen wieder abgejagt«. Danach musste Bismarck allein weiterreisen. Nun, für Frauen hatte er schon eine Schwäche – aber wirklich schwach wurde er erst beim Geld.

PÜNKTLICHKEIT

Mit vierundzwanzig Jahren sagte Bismarck der preußischen Justizbeamtenlaufbahn ade und übernahm das stark vernachlässigte pommersche Familiengut Kniephof, das er durch seine energische Bewirtschaftung vor dem Ruin bewahrte. Sein Ruf bei den Bauern war allerdings arg ramponiert, denn der jagdliebende und im Wirtshaus schon mal über die Strenge schlagende »tolle Bismarck« sorgte für reichlich Tratsch und Klatsch.

Einmal waren zwei seiner jugendlichen Freunde unterwegs nach der Kreisstadt Naugard. Als sie Kniephof erreichten, wurde es gerade dunkel, und so baten sie Bismarck, auf dem Gut übernachten zu dürfen. Der

Gutsherr willigte ein, erklärte ihnen aber, dass er am nächsten Morgen um sieben Uhr selbst nach Naugard müsse, da er dort auf dem Gericht zu tun habe. Die beiden meinten, er könne gern in ihrem Wagen mitfahren, Platz sei genug, wenn er sie um sechs wecke, käme man noch bequem in die Kreisstadt. Der gereichte Schlummertrunk wuchs sich allerdings zu einem veritablen Gelage aus, so dass die beiden Freunde, als sie in ihr Zimmer torkelten, gar nicht daran dachten, schon um sechs Uhr aufzustehen. Sie rückten sogar eine Kommode vor die Tür, damit ihr Wirt nicht etwa auf die Idee käme, sie persönlich aus dem Bett zu holen. Zudem war ja allgemein bekannt, dass ihr Gastgeber ein Spätaufsteher war.

Am anderen Morgen um sechs Uhr früh klopfte es an ihre Tür. Nichts. Stärkeres Klopfen. Nichts. Die Klinke wurde heruntergedrückt, doch die Kommode versperrte ja die Tür von innen. Die beiden drehten sich im Halbschlaf grunzend wieder auf die andere Seite. Kurze Zeit war es ruhig. Da krachten plötzlich draußen zwei Schüsse, die Fensterscheiben splitterten, Putzstücke prasselten auf die beiden herab, die vor Schreck aus den Betten hopsten und nach unten rannten, wo sie Bismarck lachend begrüßte: »Alle Achtung, meine Herren, Punkt sechs, das Frühstück ist schon fertig!«

DIE BESONDERE MEDAILLE

Im Sommer 1842 hatte Bismarck den Sohn seines Reitknechts Hildebrandt vor dem Ertrinken gerettet, wofür ihm die Medaille »Für Rettung aus Gefahr« verliehen wurde, die Bismarck voller Stolz trug, vor allem, da sie sein erster »Orden« war. Eines Tages fragte ihn bei einem Empfang ein Diplomat mit ordensgeschwellter Brust, was es denn mit dieser einsamen und ihm unbekannten Medaille für eine Bewandtnis habe.

»Ich habe zuweilen die Gewohnheit, Menschen das Leben zu retten«, erwiderte Bismarck eisig.

LANDLEBEN

Obwohl als Landwirt recht erfolgreich, langweilte sich Bismarck entsetzlich, inmitten »pommerscher Krautjunker, Philister und Ulanenoffiziere« das Landleben genießen zu müssen. Allein in den Briefen an seine Freunde zeigte er bildhaft und direkt – wie immer –, wie es um ihn bestellt war: »Des Vormittags bin ich verdrießlich, nach Tische allen milden Gefühlen zugänglich. Mein Umgang besteht in Hunden, Pferden, Landjunkern, und bei Letzteren erfreue ich mich einigen Ansehens, weil ich Geschriebenes mit Leichtigkeit lesen kann, mich zu jeder Zeit wie ein Mensch kleide und dabei ein Stück Wild mit der Akkuratesse eines Metzgers zerwirke, ruhig und dreist reite, ganz schwere Cigarren rauche und meine Gäste mit freundlicher Kaltblütigkeit unter den Tisch trinke ...«

UNERFÜLLTE LIEBE

Bismarcks große Liebe war Marie, geborene von Thadden, die Frau seines Schulfreundes Moritz von Blanckenburg. In dieser Liebe zu der Frau eines anderen blieb ihm letztlich nur, was seiner Natur am meisten widersprach: Resignation und Verzicht. Doch bevor es in dieser heiklen Dreierkonstellation zum unvermeidlichen Konflikt gekommen wäre, starb Marie plötzlich im Jahre 1846 an infektiöser Meningitis. Bismarck vergaß sie jedoch sein Leben lang nicht.

Als ihm in hohem Alter einmal eine ihrer Nichten vorgestellt wurde, bemerkte er seufzend: »Was sieht mich aus diesen Augen alles an!«

VON DER LIEBE ZUR EHE

Kurz vor dem Tod Marie von Blanckenburgs war Bismarck nach Schönhausen übergesiedelt, in die Gesellschaft von »41 übermüthigen Bauern, von denen jeder einzelne erbitterten Hass gegen die anderen 40 hegte«, wie er einer der engsten Freundinnen Maries, Johanna von Puttkamer schrieb. Wenn auch nicht gerade von äußerer Schönheit, so war Johanna doch von außerordentlicher Freundlichkeit und gesundem Menschenverstand, zudem »facile à vivre«, wie Bismarck bekannte. Im Juli 1847 heiratete er sie. Seiner Schwiegertochter gestand er später einmal: »Man glaubt gar nicht, wie schwer es mir wurde, aus einem Fräulein von Puttkamer eine Frau von Bismarck zu machen; ganz ist es mir erst nach dem Tod der Eltern gelungen.«

BÄURISCHER CHARME

Als Bismarck die neue Gutsherrin auf Schönhausen den dortigen Bauern vorstellte, kommentierten jene den Einzug der jungen Frau gänzlich uncharmant und altmärkisch-direkt: »... von's schöne Geschlecht is unsere junge Gnädige aber nich gerade.«

Politische Anfänge

HÖFLICHKEIT

Im Jahre 1847 wurde Bismarck, der als wilder Reaktionär galt, für den Wahlkreis Westhavelland in den Preußischen Landtag geschickt. Doch bald merkten die liberalen Abgeordneten, dass er ein Pragmatiker war, mit dem man reden konnte. Bei einer Kommissionssitzung lief ihm eines Tages der Linksliberale Carl d'Ester – recht trinkfroh, doch wenig trinkfest – etwas angeheitert über den Weg.

»Herr von Bismarck«, meinte er, »Sie sind von allen Leuten Ihrer Partei gegen uns immer sehr korrekt und artig gewesen. Wir wollen Ihnen darum ein Kartell vorschlagen. Wenn wir die Oberhand behalten, so schonen wir Sie, ist's umgekehrt, so schonen Sie uns.«

Gewohnt, in der Politik auf Zwischentöne zu achten, meinte Bismarck herauszuhören, dass die Liberalen ihres Sieges durchaus nicht so sicher waren. Gutgelaunt erwiderte er: »Siegt Ihre Partei, d'Esterchen, so ist es eh nicht mehr der Mühe wert zu leben. Kriegen wir dagegen die Oberhand, so wird gehenkt. Aber keine Sorge: Höflich bis zur letzten Galgensprosse!«

DREI CHARAKTERE

Besonders enge Beziehungen unterhielt Bismarck am Beginn seiner politischen Karriere zu den Brüdern Gerlach, dem General Leopold von Gerlach und dem Magdeburger Gerichtspräsidenten Ludwig von Gerlach. Beide förderten Bismarcks Eintritt in die Politik nach Kräften. Auch wenn er sich später mit den legitimistisch und pietistisch geprägten Brüdern überwarf, so gehörten sie doch bei König Friedrich Wilhelm IV. zu seinen eifrigsten Fürsprechern. Die Brüder Gerlach waren überaus gebildete und feinsinnige Köpfe – aber entsetzlich dogmatisch, und sie ließen keine Gelegenheit aus, Bismarck dessen Pragmatismus und Mangel an »pietistischer Moral« vorzuwerfen. Als die beiden eines Tages wieder das Gespräch auf ihr unterschiedliches Verhältnis zur Politik brachten, fühlte sich Bismarck bemüßigt, ihre Kritik an seiner Politikauffassung durch eine seiner bildhaften Sentenzen zu entkräften:

»Wenn wir drei hier aus dem Fenster einen Unfall auf der Straße geschehn sehen, wird der Herr Präsident daran eine geistreiche Betrachtung über unsern Mangel an Glauben und die Unvollkommenheit unsrer Einrichtungen knüpfen; der General wird genau das Richtige angeben, was unten geschehen müsse, um zu helfen, aber sitzenbleiben; ich würde der Einzige sein, der hinunterginge oder Leute riefe, um zu helfen.«

FÜNF MINUTEN

Die Berliner zwangen Friedrich Wilhelm IV., vor den Märzgefallenen der Revolution von 1848 das Haupt zu entblößen.

»Das ist ja ganz wie in Frankreich«, empörte sich die Königin, »jetzt fehlt bloß noch die Guillotine!«

Bismarck, der in der Nähe des Königs stand, beruhigte sie: »Nun, Majestät, fünf Minuten, nachdem man tot ist, ist es ganz gleich, auf welche Weise man gestorben ist.«

DER MANN FÜRS GROBE

Als der Graf von Brandenburg preußischer Ministerpräsident wurde, legte er König Friedrich Wilhelm IV. seine Kabinettsliste vor, auf der auch Bismarcks Name stand. Der König schrieb eigenhändig dazu: Nur zu gebrauchen, wenn das Bajonett schrankenlos waltet.

ABFALL

Im Herbst 1848 redete man sich die Köpfe über den angeblich drohenden Abfall der Rheinprovinzen heiß. Bismarck bemerkte dazu bissig: »Wo wollen sie denn hinfallen?«

FLEXIBILITÄT

Die preußischen Minister wechselten 1848 wöchentlich, weshalb sie auch »Eintagsfliegen« genannt wurden. Langgediente Bürokraten, an eine unverrückbare Ordnung gewöhnt, mussten nun plötzlich diplomatisch denken, um der stets wechselnden Lage gewachsen zu sein. »Man trüge ja so gern den Mantel nach dem Winde«, klagte eines Tages ein alter Geheimrat Bismarck gegenüber sein Leid, »wenn man nur wüsste, woher er gerade kommt.«

DIE PHRASENGIESSKANNE

Freiherr Friedrich von Gagern, Präsident der Frankfurter Nationalversammlung, war ein begnadeter, wenn auch etwas schwülstiger Redner, der mitunter zugunsten einer rhetorischen Pointe die Prägnanz seiner politischen Argumente aus den Augen verlieren konnte – ganz im Gegensatz zu Bismarck. Da er zugleich Führer der Fortschrittspartei war, versuchte der damalige Innenminister Otto von Manteuffel, die graue Eminenz der im November 1848 vom König inthronisierten reaktionären Regierung, sich mit ihm zu verständigen. Bismarck sollte eruieren, inwieweit Gagern zu einem Kompromiss zu bewegen wäre.

»Nun, was hat er gesagt?«, fragte Manteuffel Bismarck nach der Begegnung.

»Er hat mir eine Rede gehalten, als ob ich eine Volksversammlung wäre; die reinste Phrasengießkanne«, erwiderte Bismarck.

FÜHRUNGSEIGENSCHAFTEN

Als der konservative Parteigänger und Freund Bismarcks, Hans von Kleist-Retzow, wegen zu geringer Geschäftskenntnisse einmal vor einem Ministeramt zurückschreckte, hielt ihm Bismarck vor: »Zur Zeit kommt es nur auf Entschlossenheit an. Gegenüber der Nationalversammlung ist ein Sekondeleutnant, so er diese besitzt, zusammen mit einem Trommler, der geeignetste Vertreter der Regierung.«

(Diese Anekdote ist insofern bemerkenswert, da sie »im Geiste« am 29. Januar 1910 in dem berühmt-berüchtigten Wort des Erzkonservativen Elard von Oldenburg-Januschau noch eine Steigerung erfuhr: »Der König von Preußen und der deutsche Kaiser muss jeden Moment imstande sein, zu einem Leutnant zu sagen: ›Nehmen Sie zehn Mann und schließen Sie den Reichstag.‹«)

ANSEHEN

Nach der Niederschlagung der Revolution von 1848 hatte Bismarck bei seinen Bauern als entschlossener Konservativer zwar an Ansehen gewonnen, dennoch entbehrte dies nicht einer gewissen Ambivalenz. »Fällt sein Name, so geht einem ordentlich ein Grusel von oben runter, als wenn man gleich ein paar altpreußische Fuchtelhiebe übergezogen erhalten sollte.«

WER IM GLASHAUS SITZT …

Vor seiner Ernennung zum Bundestagsgesandten Preußens in Frankfurt wurde Bismarck von Friedrich Wilhelm IV. zum Geheimen Legationsrat ernannt.

»Eine Ironie«, gestand Bismarck seiner Frau, »mit der mich Gott für all mein Lästern über Geheime Räte straft.«

METTERNICH

Als Bismarck im Sommer 1851 zum preußischen Bundestagsgesandten in Frankfurt ernannt worden war, galt einer seiner ersten Besuche dem alten Fürsten Metternich auf Schloss Johannisberg im Rheingau. Metternich redete viel und gern, zwar durchaus geistvoll, aber nicht immer sehr präzise, und er konnte es partout nicht leiden, wenn man ihn unterbrach. Das war Bismarck bekannt, und er verhielt sich danach.

Kurz darauf sprach ihn der österreichische Gesandte Graf Thun an: »Sagen Sie, wie haben Sie das nur gemacht, der Fürst ist ja ganz begeistert von Ihnen.«

»Nun, ich habe dem Fürsten drei Tage lang mit dem Ausdruck betonter Intelligenz zugehört und mir jedes Wort verkniffen.«

IN ERMANGELUNG EINER GLOCKE

Als Bundestagsabgeordneter wohnte Bismarck in Frankfurt bei einer Familie, die den Preußen im Allgemeinen und ihn im Besonderen ihre Abneigung spüren ließ. Um nicht jedes Mal, wenn er seinen Diener brauchte, vom Schreibtisch aufstehen zu müssen, bat er um eine Glocke, was ihm der Hausherr mit den Worten verweigerte, die Wohnung sei ohne Glocke gemietet worden, eine Neuanschaffung somit Sache des Mieters.

Am Tag darauf ertönte aus Bismarcks Zimmer ein Schuss. Aufgeregt kam der Hauswirt angelaufen und sah Bismarck seelenruhig am Schreibtisch arbeiten, neben sich die noch rauchende Pistole, aus der der Schuss abgefeuert worden war.

»Um Himmels willen, was ist geschehen?«

»Nichts«, erwiderte Bismarck seelenruhig. »Ich habe nur meinen Diener gerufen, und ich denke, dass Sie sich mit der Zeit an das Geräusch gewöhnen werden.«
Am nächsten Tag hatte er seine Glocke.

DICKE LUFT

Graf Thun, der österreichische Vertreter in Frankfurt, war ein ebenso gnadenloser und genussvoller Raucher wie Bismarck. Eines Nachmittags empfing er den preußischen Bundestagsabgeordneten zu einer ihrer üblichen »tour d'horizon«. Beide pflegten sich dabei ganz privat über die jeweilige politische Situation zu verständigen. An diesem Tag war es besonders heiß, und Graf Thun empfing seinen Gast – für damalige Verhältnisse eine diplomatische Unverfrorenheit – nur in Hose und Hemd. Das stickig-heiße Zimmer war blau vor Qualm.

Bismarck betrat den Raum, verharrte kurz und meisterte die Situation, indem er Rock, Weste und Krawatte ablegte und im Niedersetzen meinte: »In der Tat, es ist unerträglich heiß heute. Sie erlauben?« Und nahm sich eine von Thuns edlen Havannas.

DER PRÄSIDIALTARTAR

Der Nachfolger Graf Thuns war Ritter Anton von Prokesch-Osten, der vorher österreichischer Gesandter in Konstantinopel gewesen war und von Bismarck nur »Prokino« genannt wurde. Seine Meinung über ihn war alles andere als freundlich, wovon er auch Dritten gegenüber kein Hehl machte: »Ich denke von ihm wie der Alte Fritz von den ersten Kosaken, die er sah: ›Mit solchen – muss man sich hier herumschlagen‹ ...« Auch im Laufe der Zeit wurde sein Urteil nicht anders: »Der Mensch log selbst dann, wenn es in seinem, das heißt Österreichs Interesse gelegen hätte, die Wahrheit zu sagen, so sehr war ihm das Lügen zur zweiten Natur geworden. Seine einzige gute Eigenschaft war seine Dickhäutigkeit; wenn ich mich so recht über ihn geärgert hatte, habe ich ihm manchmal Dinge gesagt, die sich kein Berliner Eckensteher hätte gefallen lassen ...«

REAL EXISTIERENDER PARLAMENTARISMUS

Frankfurt war für den pragmatischen Bismarck trotz familiärer Ruhe ein Ort ständiger Langeweile und häufigen Ärgers. In bissigen Sarkasmen machte er sich darüber Luft.

Einem Freund schilderte er das einmal so: »Die Österreicher sind intrigant unter der Maske burschikoser Bonhomie, verlogen, stehlen Akten ..., spielen, huren und suchen uns bei kleinen Formalien zu übertölpeln, worin bis jetzt unsere einzige Beschäftigung besteht. Die von den kleinen Staaten sind meist carrikierte Zopf-Diplomaten, die sofort die Bericht-Physiognomie aufstecken, wenn ich sie nur um Feuer zur Cigarre bitte, und Blick und Wort mit Regensburger Sorgfalt wählen, wenn sie den Schlüssel zum Abort fordern.«

TRINITÄT

Als besonders ehrbar, integer und fromm unter den Frankfurter Diplomaten galt der Mecklenburger Jasper von Oertzen, der sich dann in den sechziger Jahren als mecklenburgischer Staatsminister die Regierungssorgen mit seinem ältesten Sohn teilen sollte. Beide galten damals als nicht eben sehr helle Köpfe. Als Bismarck ihnen einmal 1867 begegnete, bemerkte er ironisch: »Ich sehe den Vater und den Sohn, aber nicht den Heiligen Geist.«

NICHT IMMER BESTRAFT DAS LEBEN DEN, DER ZU SPÄT KOMMT

Im Jahre 1852 machte Bismarck seine Audienz bei dem erst zweiundzwanzigjährigen Kaiser Franz Joseph in Wien. Der Kaiser war von dem als martialisch verschrienen Preußen überaus entzückt. Beide – obwohl politisch noch von unterschiedlichen Interessen geleitet – verstanden sich recht gut (was im Prinzip bis an ihr Lebensende anhielt). Nur in einer Beziehung war ihre physische Chemie nicht kompatibel. Franz Joseph pflegte bereits um 5 Uhr früh aufzustehen (»schauerlich matinös«, so Bismarck), während der preußische Diplomat, zu dieser Zeit zumindest, bekanntermaßen ein Spätaufsteher war.

»Wie schaffens's nur Ihr enormes Pensum, wenn's in den Tag hineinschlofen?«, fragte eines Tages der Kaiser den Preußen. – »Oh, Majestät, machen Sie sich darum keine Sorgen, denken kann ich auch im Schlaf«, erwiderte Bismarck.

ORDENSTRÄGER

Im Beisein Bismarcks fand 1854 in der Nähe Münchens eine Parade statt, bei der auch der österreichische Erzherzog zugegen war. Interessiert beschaute sich der Österreicher die Orden auf der Brust des Preußen und meinte, wobei er auf die Passivität Preußens während der kriegerischen Auseinandersetzungen der letzten Jahre anspielte: »Schaun's nur die vielen Orden. Alle vorm Feind erworben?«

»Gewiss, Exzellenz«, erwiderte Bismarck, »alle vorm Feind im Frankfurter Parlament.«

KALTGESTELLT

Im Januar 1859 – Prinz Wilhelm war für seinen erkrankten Bruder Friedrich Wilhelm IV. zum Regenten bestellt worden – wurde Bismarck preußischer Botschafter in Sankt Petersburg, nach eigenen Worten »kaltgestellt an der Newa«.

Das nahm ihn so mit, dass er – seit Jahren nicht mehr ernsthaft krank gewesen – mit einer schweren Grippe das Bett hüten musste. Seinem Freund von Alvensleben, der sich besorgt nach seinem Wohlergehen erkundigte, teilte er lakonisch mit, dass er an »Gallenfieber über Petersburg« leide.

DIE VERGESSENE SCHILDWACHE

Im Sommergarten von St. Petersburg begegnete Bismarck eines Tages dem Zaren Alexander II., der dort ebenfalls spazierenging. Plaudernd wanderten die beiden durch den Park, nur von des Zaren Adjutanten gefolgt, und gelangten zu einem Schilderhäuschen mit Schildwache, die vor ihnen das Gewehr präsentierte.

»Nanu, warum steht der Mann denn hier?«, fragte Bismarck den Zaren.

Weder der Zar noch sein Adjutant wussten es. Daraufhin befragt, erwiderte der Wachtposten nur: »Ist so befohlen worden!«

Weshalb, wieso – allgemeine Ratlosigkeit. Der Zar beauftragte schließlich seinen Adjutanten, der Sache nachzugehen.

Wochen später liefen sich der Zar und Bismarck im Sommergarten wieder über den Weg. »Übrigens«, meinte der Zar, indem er Bismarcks Arm ergriff, »ich bin Ihnen noch eine Erklärung wegen der Schildwache schuldig. Nun, mein Adjutant hat sich an den Wachoffizier gewandt – nichts. Der Wachoffizier hat den Stadtkommandanten befragt – nichts. Akten wurden gewälzt, Archive durchstöbert. Endlich hat man des Rätsels Lösung gefunden: Kaiserin Katharina hat einmal an genau dieser Stelle besonders früh im Jahr ein Schneeglöckchen entdeckt und Befehl gegeben, es auf keinen Fall zu pflücken. Zur Sicherheit wurde eine Schildwache davor postiert und der Posten seit jener Zeit bei Tag und Nacht bezogen. Später hat niemand mehr daran gedacht, ihn abzuziehen, und so steht eben seit gut hundert Jahren hier eine Schildwache«, schloss der Zar.

»Eine lange Zeit«, gab Bismarck zu bedenken.

»Ja sicher, für Preußen schon«, meinte der Zar lächelnd, »aber doch nicht für Russland.«

ERWERBSSINN

Der Herzog von Osuna, spanischer Gesandter in St. Petersburg, gab einen Empfang. Nach dem Essen wurde der Mokka gereicht. Bismarck schlenderte mit einem befreundeten Journalisten durch den Saal. In einer Fensternische entdeckten sie den holländischen Gesandten vor der für die Gäste bestimmten Zigarrenkiste. Sich unbeobachtet wähnend, grapschte er sich eine Handvoll davon und ließ sie in seiner Tasche verschwinden.

»Preußische Begehrlichkeit kennen Sie ja«, flüsterte Bismarck dem Journalisten zu. »Hier erleben Sie mal ein schönes Beispiel von holländischem Erwerbssinn.«

Ministerpräsident und Bundeskanzler

REVOLUTIONEN À LA PRUSSE

In Preußen werde über kurz oder lang eine Revolution ausbrechen, wenn die Sache weiter so liefe, äußerte 1862 König Wilhelm I. gegenüber Bismarck, als der noch Gesandter in Paris war. Bismarcks Antwort enthielt bereits sein zukünftiges Regierungsprogramm: »In Preußen machen Revolutionen nur die Könige.«

AUF DEN ERSTEN BLICK

Wilhelm I. hatte noch 1862 über Bismarck fast dieselbe Meinung wie weiland sein Bruder Friedrich Wilhelm IV. Hatte jener ihm noch attestiert, er sei »nur zu gebrauchen, wenn das Bajonett regiert«, klassifizierte Wilhelm Bismarck so: »Dieser Mann treibt Politik wie ein Gymnasiast.« Und auch die »Berliner Zeitung« sprach aus, was landläufig öffentliche Meinung war: »Wann hätte er je einen politischen Gedanken geäußert!«

RETOURKUTSCHE

Auch Bismarck hielt von den politischen Fähigkeiten König Wilhelms I. nicht allzu viel. Im Sommer 1863 schilderte er ihn einem Freunde etwas despektierlich: »Er sieht munter, mager und sonnenbraun aus, wie ein Mann, der einen Ritt durch die Wüste auf einem Dromedar gemacht hat.«

VEREINTES EUROPA

Beim Polen-Aufstand 1863 schloss Bismarck eine Militärkonvention mit dem Zaren ab. Sofort intervenierte der britische Gesandte in Berlin: »Europa wird nicht dulden, dass preußische Truppen den russischen zu Hilfe kommen.«

Bismarck erwiderte: »Wer ist Europa?«

Der Gesandte darauf: »Verschiedene Großmächte!«

Bismarck: »Sind sich diese Großmächte bei dieser Frage einig?«

Der britische Gesandte zog es vor, sich zu empfehlen, ohne weiter zu intervenieren.

BISMARCK UND LASSALLE

Im Winter 1863/64 war Ferdinand Lassalle, der Gründer des Allgemeinen Deutschen Arbeitervereins, ein häufiger Gast des preußischen Ministerpräsidenten. Bismarck schätzte ihn sein Leben lang als »einen der geistreichsten Menschen, mit denen ich je verkehrt habe«.

»Unsere Interessen sind ja gemeinschaftliche. Sie kämpfen von Ihrem, wir von unserem Standpunkt aus gegen das Bestreben der Bourgeoisie, die Herrschaft an sich zu reißen«, versuchte Bismarck, Lassalle für seine Pläne zu nutzen.

Doch Lassalle war auf der Hut: »Im Augenblick, Exzellenz, mag es so scheinen, als sei eine Allianz zwischen der Arbeiterpartei und den Konservativen möglich, aber wir würden nur eine kurze Strecke Wegs miteinander gehen, um uns dann um so erbitterter zu bekämpfen.«

Dennoch entwickelte Bismarck gegenüber Lassalle seine Idee eines »sozialen Königtums«, die er auch nach Lassalles Tod (1864) nicht aufgab, obwohl die meisten seiner Minister davon nichts hielten. Sie erklärten sich gegen alle sozialen Versuche (Bismarck hatte zum Beispiel durchgesetzt, dass der König eine Abordnung der schlesischen Weber empfing, die ihm ihr Elend schilderten), weil »sonst überall gleichberechtigte Ansprüche entstehen« würden und der Staat nicht helfen könne. Als Bismarck diese Begründung las, schrieb er an den Rand: »Und darum soll niemand helfen? Wenn es jemand kann, dann der Staat.«

DEUTLICH

Frau von Schleinitz verschaffte dem in Berlin weilenden Richard Wagner eine Einladung bei Bismarck. Der Komponist erging sich nach kurzer Zeit in Wehklagen über das allerorten festzustellende künstlerische Banausentum in Deutschland. Überall würde er missverstanden! Sogar in München, wohin ihn König Ludwig geholt habe, erlebe er mit der Aufführung seiner Opern wenig Freude.

»Das können Sie doch so nicht sagen«, erwiderte daraufhin die Fürstin. »Man gibt sich doch die größte Mühe, Ihnen überall gerecht zu werden.«

Wagner ignorierte die Bemerkung, bedachte Bismarck mit einem glühenden Blick, in dem die Hoffnung auf ein Wirkungsfeld in Berlin glomm, und sagte, an den preußischen Ministerpräsidenten gewandt: »Ja, könnte ich dort wirken, wo ein so großes edles Herz schlägt!«

Daraufhin meinte Bismarck trocken: »Ich habe leider keine Aussicht, nach München versetzt zu werden.«

STAATSMANN UND ARZT DAZU

König Wilhelm I., einmal von einem Besucher wegen seines blühenden Aussehens gerühmt und nach der Methode seines unzweifelhaft genialen Hausarztes befragt, meinte, indem er auf den neben ihm stehenden Bismarck wies: »Hier steht mein Arzt.«

EITELKEIT IST EINE ZIER …

Der sächsische Ministerpräsident Graf von Beust war weder ein Freund der preußischen Politik noch Bismarcks. Letzteres beruhte auf Gegenseitigkeit.

»Ich pflege mir die Gefährlichkeit eines politischen Gegners immer dadurch zu vergegenwärtigen«, erklärte Bismarck einmal im Freundeskreis, »dass ich von seinen Fähigkeiten die Eitelkeit subtrahiere. Bei Beust bleibt dann in der Tat nichts mehr übrig.«

ZU VIEL

Als Bismarck eine Zeitlang ohne Parlament regierte, drohte die liberale Mehrheit damit, ihn wegen der widerrechtlich verausgabten Summen für die Reorganisation der Armee »auf Heller und Pfennig persönlich regresspflichtig« zu machen. Auf den Hinweis, es handele sich immerhin um Hunderte Millionen Taler, erwiderte Bismarck: »Bei der Summe ist mir eh alles wurscht.«

KOMPENSATIONEN

Obwohl von bewundernswerter Selbstbeherrschung, geriet Bismarck mitunter so in Wut, dass er auf der Stelle ein Ventil für seinen Zorn brauchte. In Baden-Baden hatte es einmal mit König Wilhelm keinerlei Konsens in wichtigen Fragen gegeben, und die beiden trennten sich wütend. Aufgebracht schlug Bismarck die Tür so heftig hinter sich zu, dass er die Klinke in der Hand behielt. Wutschnaubend eilte er auf sein Zimmer, in dem Graf Lehndorff auf ihn wartete, und schleuderte die Klinke in ein Waschbecken, das in tausend Stücke zersprang.

»Mein Gott, sind Sie krank?«, fragte Lehndorff eher bestürzt als besorgt.

»Gewesen«, erwiderte Bismarck und ließ sich entspannt in einen Sessel fallen.

BLUT UND EISEN

Zwar entsprach es konsequent den Zielen bismarckscher Politik, war aber doch in den Augen der liberalen Öffentlichkeit inner- und außerhalb Deutschlands ein Affront, als der Kanzlers 1863 im Parlament die berühmten Worte äußerte: »Nicht durch Reden und Majoritätsbeschlüsse werden die großen Fragen der Zeit entschieden, das war der große Fehler von 1848/49, sondern durch Blut und Eisen.«

MAJOR UND MINISTERPRÄSIDENT DAZU

Eines Tages ging Bismarck in der Uniform eines preußischen Offiziers die Leipziger Straße entlang, als ihn ein Schutzmann anhielt und bat, dienstlich gegen eine Menschenmenge einzuschreiten, die den Verkehr behindere und mit der er allein nicht fertig werde. Das tat Major Otto von Bismarck dann auch, worauf der Schutzmann noch weitere Wünsche ähnlicher Art äußerte. Bismarck lehnte mit dem Hinweis ab, dass es ihm leid tue, nebenher auch noch preußischer Ministerpräsident zu sein und als solcher dem Schutzmann bedauerlicherweise nicht weiter zur Verfügung stehen zu können.

SITTLICHE ENTRÜSTUNG

Als Bismarck in der Schleswig-Holstein-Frage nur der Krieg als letztes Mittel der Politik blieb, hielt ihm der sächsische Ministerpräsident Graf von Beust die sittliche Entrüstung vor, die sein Vorgehen gegen Dänemark auch außerhalb Deutschlands hervorrufen müsse.

»Wenn ich von sittlicher Entrüstung höre, weiß ich, dass ich auf dem richtigen Wege bin«, erwiderte daraufhin Bismarck sarkastisch.

GLÜCK

Der Erwerb Schleswigs stand 1864 so gut wie fest, Bismarcks Politik trug erste Früchte. Die Medien sprachen nun nicht mehr von dem »Hasardeur«, dem »Wahnwitzigen« oder »Narren«, sondern man kolportierte: »Der Mann hat mehr Glück als Verstand!«

Im preußischen Kriegsminister Roon fand Bismarck seinen entschiedensten Verteidiger: »Das feindselige Wort, Bismarck habe als Hauptverdienst nur sein Scheißglück, ist nicht allein undankbar, sondern auch unwahr. Denn Glück hat jeder, aber nicht viele wissen es zu erkennen, und nur wenige, es zu benutzen.«

MASCHINEN ODER POLITISCHE GEGNER

Zwischen Bismarck und dem 1865 in Schleswig eingesetzten Chef der Zivilverwaltung, dem General Edwin von Manteuffel, kam es zu derartigen Reibereien, dass Manteuffel an seinen Abschied dachte. Roon wollte vermitteln, doch Manteuffel lehnte mit den Worten ab: »Glauben Sie mir, es ist am besten, dass der König mich gehen lässt. Graf Bismarck kann nur Maschinen oder politische Gegner erzeugen. Ich will weder das eine noch das andere werden.«

AMBIVALENZEN

Bismarcks Ausdrucksweise war stets höflich – aber dabei immer von jener unterschwelligen Ironie, die zur politischen Strategie des vollendeten Diplomaten gehört.

Kurz vor Ausbruch des Konflikts mit Österreich verlangte Graf Karolyi, der österreichische Gesandte, im Namen seiner Regierung, Bismarck solle sich klipp und klar dazu äußern, ob er den Vertrag von Gastein – den Friedensvertrag zwischen beiden Ländern – einzuhalten gewillt sei oder nicht.

»Natürlich will ich das«, erwiderte Bismarck. »Denken Sie, ich würde Ihnen anders antworten, wenn ich es nicht wollte?«

SPRACHUNTERRICHT

Die Gattin des österreichischen Gesandten Graf Karolyi sprach ein entzückendes Puszta-Deutsch, dem zuzuhören Bismarck stets großes Vergnügen bereitete.

»Herren Sie, Exzellenz«, sagte sie anlässlich eines Essens, bei dem Bismarck ihr Tischnachbar war, zu ihm, »wie is dös im Deitschen mit die Synonyme. Wos, zum Beischpiel, is derr Unterschied zwischen ›gesandt‹ und ›geschickt‹«?

»Nun«, meinte Bismarck, gefährlich galant lächelnd,

»da bietet ja Ihr werter Herr Gatte ein ganz hervorragendes Beispiel, an dem Sie den Unterschied begreifen werden. Als Botschafter des österreichischen Souveräns ist er an den Berliner Hof gesandt worden – ich würde mich in diesem Falle davor hüten zu sagen, er sei geschickt.«

TOLLGEWORDENER ZIVILIST

Als sich im Frühjahr 1866 der Konflikt mit Österreich zuspitzte, gab es durchaus eine Reihe von Generälen, die alles andere als siegeszuversichtlich waren. Viele mögen wie der General von Boyen gedacht haben: »Der König siebzig; Moltke, der Abgelebte, ihm zur Seite – und dann noch der tollgewordene Zivilist Bismarck!«

MEHR PFERDE ALS MENSCHEN

Die Zahl derer, die mit dem Hauptquartier des Königs 1866 ins Feld zogen, war recht groß. Bissig bemerkte dazu von Wartensleben, Chef der Operationsabteilung des Großen Generalstabes, zu Bismarck: »Die Seelenzahl hätte ein schwaches Bataillon, die Pferdezahl eine Kavalleriebrigade bilden können.«

EIN KURZER ROMAN

Am 30. Juni 1866 verließ Bismarck mit dem Hauptquartier Berlin Richtung Königgrätz. »Eben von Sichrow hier angekommen«, schrieb er am 2. Juli aus Gitschin an seine Frau. »Auf dem Schlachtfeld lag es noch voll von Leichen, Pferden, Waffen. Unsere Siege sind viel größer, als wir glaubten ... Schicke mir einen Roman zum Lesen, aber nur einen auf einmal. Gott behüte Dich.«

Am 3. Juli endete die Schlacht von Königgrätz siegreich für Preußen. Der Roman war noch nicht einmal angekommen ...

WÄHLERISCH

Die Entscheidung bei Königgrätz stand auf des Messers Schneide. In der Mitte war die Armee des Prinzen Friedrich Carl bedroht. Die Armee des Kronprinzen, die sie entsetzen konnte, ließ auf sich warten. Moltke leitete zu Pferde von einem Hügel aus das Geschehen.

Bismarck beobachtete jede Regung im Gesicht des Feldherrn und bemerkte, dass dessen erkalteter Zigarrenrest erloschen im Mundwinkel hing. Obwohl beider Verhältnis nicht frei von Differenzen, war in diesem Augenblick dem leidenschaftlichen Raucher Bismarck der ebenso leidenschaftliche Raucher Moltke wohl näher als der Feldherr. Er trieb seinen Fuchs zu Moltke, hielt diesem sein Zigarrenetui hin, in dem sich noch zwei Zigarren befanden.

Moltke betrachtete die beiden Zigarren schweigend, aber mit unverkennbarem Interesse. Dann wählte er bedächtig die bessere.

»In diesem Augenblick«, so bekannte Bismarck später, »wusste ich, dass wir gewinnen würden.«

WASSER IN DEN WEIN

»Wenn wir nicht übertrieben in unseren Ansprüchen sind und nicht glauben, die Welt erobert zu haben, so werden wir einen Frieden erlangen, der der Mühe wert ist«, schrieb Bismarck am Abend von Königgrätz seiner Frau. Dabei sah er genau voraus, dass der Sieg vor allem den Militärs zu Kopf steigen würde. »Denn«, schrieb er weiter, »wir sind ebenso schnell berauscht wie verzagt, und ich habe die undankbare Aufgabe, Wasser in den brausenden Wein zu gießen und geltend zu machen, dass wir nicht allein in Europa leben, sondern mit noch drei Mächten, die uns hassen und neiden.«

SIEG DER VERNUNFT

Während König Wilhelm nach der Schlacht von Königgrätz fest entschlossen war, auf Wien zu marschieren und dort siegreich Einzug zu halten, wollte Bismarck das unter allen Umständen verhindern, um ein gedemütigtes Österreich nicht den Franzosen in die Arme zu treiben. Deshalb drängte er auf raschen Frieden mit Österreich ohne jede Gebietsabtretung. Doch der König urteilte nicht politisch, sondern moralisch: »Der Hauptschuldige kann doch nicht ungestraft ausgehen!«

Bismarck daraufhin: »Wir haben nicht eines Richteramtes zu walten, sondern deutsche Politik zu machen. Österreichs Rivalitätskampf gegen uns ist nicht strafbarer als der unsrige gegen Österreich.«

Wilhelm I. geriet darüber so in Wut, dass Bismarck mit dem Eindruck das Zimmer verließ, der König habe den Sieg verspielt. Er dachte sogar, »ob es nicht besser sei, aus dem vier Stock hohen Fenster zu fallen«.

EINIG MIT DEM KRONPRINZEN

Der milde Friedensschluss war allerdings ganz nach dem Willen des Kronprinzen, des späteren 100-Tage-Kaisers Friedrich III. Obwohl politisch durchaus nicht immer einer Meinung mit ihm, gelang es Bismarck mit dessen Hilfe, den Kaiser von Sanktionen gegen Österreich abzuhalten. Dennoch konnte es Wilhelm I. nicht unterlassen, an den Rand des ihm diesbezüglich von Bismarck überreichten Memorandums zu kritzeln: »Nachdem mein Ministerpräsident mich vor dem Feinde im Stich lässt und ich hier außerstande bin, ihn zu ersetzen, habe ich die Frage mit meinem Sohn erörtert, und da sich derselbe der Meinung des Ministerpräsidenten angeschlossen hat, sehe ich mich zu meinem Schmerz gezwungen, nach so glänzenden Siegen der Armee in diesen sauren Apfel zu beißen und einen so schmachvollen Frieden anzunehmen.«

ENTWEDER ODER

Der Sieg bei Königgrätz entschied auch über Bismarcks Zukunft, und so bemerkte einer von des Königs Flügeladjutanten noch auf dem Schlachtfeld zu Bismarck: »Jetzt sind Sie ein großer Mann, Exzellenz, aber wäre der Kronprinz zu spät gekommen, so wären Sie der größte Bösewicht.«

ABER DIE FREUNDE!

Nach Königgrätz erschien eine Abordnung der preußischen Konservativen unter Führung von Kleist-Retzow bei dem Ministerpräsidenten, um diesen zu bitten, den Sieg über Österreich »für das konservative Prinzip« auszunutzen, das heißt, die bestehende Verfassung durch eine andere zu ersetzen und dadurch die Liberalen »an die Wand zu drücken«.

Bismarck hatte genau das Gegenteil vor; er wollte den Verfassungskonflikt beenden, statt einen neuen und viel gefährlicheren hervorzurufen. Er beschied seine Parteifreunde abschlägig, da er sicher war, den König und auch den Kronprinzen auf seiner Seite zu haben. An seine Frau Johanna schrieb er: »Die Leutchen haben alle nicht genug zu tun, sehen nichts als ihre eigene Nase und üben ihre Schwimmkunst auf der stürmischen Welle der Phrase. Mit den Feinden wird man fertig, aber die Freunde! Sie tragen fast alle Scheuklappen und sehen nur einen Flecken von der Welt.«

LIEBER PREUSSEN ALS HESSEN

Nach dem Friedensschluss von 1866 gab es vor allem mit den süddeutschen Staaten ein heftiges Gerangel nicht nur um zukünftige politische Prioritäten, sondern auch um Gebietsveränderungen, die insbesondere auf Kosten Bayerns gehen würden.

So sollte Baden vergrößert und durch die Angliederung der Pfalz in unmittelbare Grenznachbarschaft zu Preußen gebracht werden. Auch war vorübergehend davon die Rede, Hessen für sein Gebiet nördlich des Mains mit bayerischem Land um Aschaffenburg zu entschädigen.

Zu diesem Vorhaben allerdings gingen bei Bismarck geharnischte Proteste aus den betreffenden bayerischen Landstrichen ein, die, obwohl aus streng katholischen Kreisen stammend, zu guter Letzt darin gipfelten, dass die Unterzeichner äußerten, wenn sie schon nicht Bayern bleiben könnten, lieber gleich Preußen werden zu wollen – von Bayern zu Hessen gemacht zu werden, sei für sie unannehmbar.

RECHENFEHLER

Am 4. August 1866 um 11 Uhr zog das bei Königgrätz siegreiche Heer durch das Brandenburger Tor wieder in Berlin ein.

»Wir sind schneller wieder zurück, als wir dachten«, raunte Bismarck seinem Adjutanten zu.

»Der einzige Rechenfehler, den Exzellenz gemacht haben«, erwiderte dieser.

NUR FÜR DIE CHOLERA

In späteren Jahren erinnerte sich Bismarck gegenüber einem Journalisten an die Schwierigkeiten, Wilhelm I. durch seine Argumente zu überzeugen. Nach dem Sieg von Königgrätz resümierte er: »Er (Wilhelm) und die Generale und alle wollten weiter nach Ungarn – ohne Sinn und Ziel, nur für die Cholera!«

UMSONST PREUSSISCH WERDEN

Nicht alle deutschen Länder sahen im Norddeutschen Bund einen administrativen Fortschritt. Bismarck empfing einmal eine Deputation, die unisono ein Klagelied über die allgemeine Wehrpflicht und die zunehmende Steuerlast anstimmte. Bismarck hörte eine Weile amüsiert zu, ehe er in eine Klagepause hinein bemerkte: »Ja so, die Herren haben gedacht, umsonst preußisch zu werden!«

ZWEI HÄHNE

Als Marschall Vaillant die deutsche Delegation wieder verabschiedete, sagte er zu Bismarck: »Wir werden eines Tages die Bajonette kreuzen.« Der preußische Ministerpräsident fragte zurück:

»Wenn Sie darauf bestehen, gut. Aber darf ich fragen, warum?«

»Weil wir Hähne sind, und weil ein Hahn es nicht gern hat, wenn ein anderer lauter kräht als er. Bei Königgrätz habt ihr zu laut gekräht«, meinte der Marschall.

DER LIEBENSWÜRDIGE SPITZBUBE

Anlässlich der Weltausstellung besuchte Bismarck im Juni 1867 mit König Wilhelm I. Paris. Während ihm das Volk mit unverhohlener Ablehnung begegnete, war der Empfang bei Hofe äußerst zuvorkommend.

»Wissen Sie«, sagte der alte Marschall Vaillant, Gouverneur von Paris, mit dem sich Bismarck gut verstand, eines Tages zu ihm, »dass Sie auf uns einen ganz bezaubernden Eindruck machen? Jeder von uns denkt: Was für ein liebenswürdiger Spitzbube!«

EIN RAFFINIERTER KAMMERDIENER

Bismarck weilte zur Jagd bei seinem Freund Dietze, Amtsrat auf Barby, als abends das Gespräch auf Regierungsformen kam.

»Den Absolutismus halte ich für die unglücklichste aller Regierungsformen«, meinte der Kanzler. Als man ihm heftig widersprach, erwiderte er: »Sie glauben gar nicht, welchen Anteil an den Geschicken eines absolut regierten Landes oft der Einfluss eines raffinierten Kammerdieners besitzt.«

ZWEI PREMIERS

Bismarck liebte eine deftige Hausmannskost, aß auch gern und gut; wenn er jedoch zu arbeiten hatte, ersetzte ihm die Zigarre so manche Mahlzeit.

An solch einem Tag ließ ihn sein Koch wissen, dass das Abendessen angerichtet sei. Bismarck bat ihn, noch eine halbe Stunde zu warten.

Nach einer halben Stunde meldete sich der Koch erneut. Bismarck erbat sich noch eine halbe Stunde, er sei gleich fertig.

Wieder meldete sich der Koch nach einer halben Stunde. Diesmal erklärte Bismarck, er habe noch keinen Hunger.

Dies war dem Koch zu viel. Aufgebracht meinte er zu dem Ministerpräsidenten, der Premier Preußens möge die Güte haben, jetzt mit oder ohne Hunger zu essen, denn er, der Premier der Köche, könne nun nicht mehr garantieren, ob das Essen in der nächsten halben Stunde noch genießbar sei.

Der Kollege Premier gehorchte umgehend.

EIN REPUBLIKANISCHER KAISER?

Erbittertste Feindin Bismarcks war die Kronprinzessin Victoria. Schon vor der Reichsgründung witterte die ehrgeizige Frau, dass Bismarck auf dem Weg zum »wirklichen Kaiser« war.

Während eines Essens sprach sie ihn einmal daraufhin an: »Sie haben offenbar den Ehrgeiz, Graf Bismarck, König zu werden oder zumindest Präsident einer Republik.«

Bismarck gab ihr daraufhin die berühmt gewordene Antwort: »Zum Republikaner bin ich verdorben, nach den Traditionen meiner Familie brauche ich einen Monarchen zu meinem irdischen Behagen. Freilich wird sich meine Überzeugung nicht allgemein vererben lassen, nicht etwa, dass die Royalisten aussterben werden, aber vielleicht die Könige. In Ermangelung eines Königs könnte dann die nächste Generation durchaus republikanisch werden.«

ZICHORIEN

Nach einem Sturz vom Pferd war Bismarck im Winter 1869 nicht im Amt. Darüber war Feldmarschall Roon tief betrübt und klagte einmal gegenüber Moritz von Blanckenburg, wie sehr ihm Bismarck fehle. »Gibt es denn niemand, der Bismarck vertreten kann?«, hatte der daraufhin zurückgefragt. »Dutzende!«, rief Roon. »Aber Zichorien, nichts als Zichorien!«

Der Deutsch-Französische Krieg

66 SPIELEN

Der Konflikt mit Frankreich eskalierte, als Spanien dem Erbprinzen Leopold von Hohenzollern die Königskrone anbot. Frankreich forderte Wilhelm I. ultimativ auf, öffentlich den Verzicht der Hohenzollern auf die spanische Krone zu erklären. »Was machen wir nun mit Frankreich?«, fragte Wilhelm I. seinen Kanzler.

»Spielen wir mit ihm 66«, erwiderte Bismarck.

SCHAMADE UND FANFARE

Bismarck erhielt den von seiner »diplomatischen Häckselmaschine« Abeken abgefassten Text der Emser Depesche im Beisein von Roon und Moltke.

Nachdem der Ministerpräsident den Wortlaut vorgelesen hatte, herrschte betretenes Schweigen, denn das Ambivalente der Fakten wurde den dreien nur zu bewusst. Dann machte sich Bismarck daran, die Depesche zu redigieren.

Der Unterschied in der Wirkung des gekürzten Textes war dabei mitnichten das Ergebnis stärkerer Worte, sondern eines der Form, die den Vorgang als endgültig und beschlossen erscheinen ließ und den französischen Kaiser provozieren musste, während Abekens Fassung auf ein weiteres Verhandeln des Problems hinauslief.

Als Bismarck den beiden die von ihm korrigierte Fassung vorgelesen hatte, rief Moltke begeistert: »So hat das einen anderen Klang, vorher war das wie eine Schamade, jetzt tönt es wie eine Fanfare auf eine Herausforderung!« Und auch Roon äußerte, dass dies »wie das rote Tuch auf den gallischen Stier« wirken müsse.

ZU VIEL DER TRÄNEN

Mit der geschickt redigierten Emser Depesche lieferte Bismarck Napoleon III. den Vorwand, Preußen den Krieg zu erklären. Außer Bismarck, Moltke und Roon schreckten die einflussreichen Kreise in Preußen – einschließlich des Kaisers – letztlich vor einer Lösung des deutsch-französischen Konflikts mit kriegerischen Mitteln zurück. Besonders Bismarcks politische Gegnerin, Königin Augusta, soll ihren Gatten, wie dem Ministerpräsidenten berichtet wurde, »unter Tränen beschworen haben, den Krieg zu verhüten im Andenken an Jena und Tilsit«.

Bismarck hielt das Gehörte durchaus für glaubwürdig – allerdings, wie er meinte, »bis auf die Tränen«.

HÖFLICH IN DEN KRIEG

Als die französische Regierung 1870 die Kriegserklärung beschlossen hatte, schickte sie am 19. Juli ihren Berliner Geschäftsträger Le Sourd mit dem schwerwiegenden Dokument zu Bismarck. Le Sourd war todernst, er sprach außer Förmlichkeiten kein Wort, obwohl er sonst angeregt mit Bismarck zu plaudern pflegte. Nach der Übergabe des Dokuments verließ er stumm das Zimmer. Für Bismarck war das zu viel an Korrektheit, er schritt deshalb zur Tür, öffnete sie noch einmal und rief dem Geschäftsträger nach: »Meine besten Empfehlungen an Madame Le Sourd!«

AUGEN UND OHREN

Nach der Kriegserklärung Frankreichs reiste Le Sourd, der französische Geschäftsträger, sofort in seine Heimat zurück, während sein Botschaftsrat Bismarck bat, noch kurze Zeit in Berlin weilen zu dürfen, um private Angelegenheiten zu erledigen.

»Haben Sie gute Augen?«, fragte Bismarck.

»Ja.«

»Und auch gute Ohren?«
»Ja, das auch.«
»Also, dann reisen Sie morgen ab.«

FONTANE UND BISMARCK

Ihr Verhältnis zueinander war das, was man ambivalent nennen würde. »Diese Mischung von Übermensch und Schlauberger erfüllt mich mit gemischten Gefühlen«, sollte Fontane später einmal gegenüber Martha Fontane äußern. Möglicherweise mag der Grund für Fontanes Urteil in einer Episode liegen, bei der Fontane selbst alles andere als eine glückliche Figur gemacht hatte.

1870 wurde Fontane als preußischer Kriegsberichterstatter hinter den französischen Linien aufgegriffen und sollte als Spion erschossen werden. (Befreundete preußische Offiziere bestätigten ihm später, dass man derartige Vergehen auf preußischer Seite unverzüglich »standrechtlich geregelt« haben würde.) Als Bismarck von Fontanes Gefangennahme erfuhr, wandte er sich sofort über diplomatische Kanäle an die französische Regierung und drohte damit, dass man französischen Geiseln dasselbe Schicksal zu bereiten gedenke, das man französischerseits dem »verhafteten Gelehrten« zuerkenne.

Die Drohung wirkte umgehend. Fontane wurde freigelassen. Er selbst hat in seinem Bericht »Kriegsgefangen« Bismarck nie erwähnt, obwohl er über seine Frau Emilie gewusst haben muss, dass sich der Kanzler für ihn eingesetzt hatte. Vielleicht war es dem Romancier später peinlich, ausgerechnet dem Kanzler seine Rettung aus einer Situation zu verdanken, die allgemein als »Eselei« galt.

DAS EISERNE KREUZ

Während des Deutsch-Französischen Krieges unterhielt sich einmal der Prinz von Hohenlohe-Ingelfingen mit Bismarck und meinte, das Eiserne Kreuz werde viel zu oft verliehen.

»Soviel ich weiß, wird das Eiserne Kreuz aus zwei Gründen verliehen«, erwiderte Bismarck, »erstens erhalten es tapfere Soldaten an der Front. Zweitens verleiht man es gewissen Leuten wie Ihnen und mir aus Höflichkeit. Wenn ich Sie recht verstehe, möchten Sie, dass es uns wieder genommen wird.«

Der Prinz erwähnte das Thema nie mehr.

VON ERSCHAFFUNG DER WELT AN

Bei den Verhandlungen über die Kriegsentschädigung zwischen Jules Favre und Bismarck war auch der Bankier Gerson von Bleichröder als Sachverständiger zugegen. Favre war außer sich über die Forderung von fünf Milliarden und meinte, um seinem

Gegner das Übertriebene plausibel zu machen, auch wenn man seit Christi Geburt bis jetzt zählen wolle, würde man solch eine ungeheure Summe nicht aufbringen.

»Oh«, erwiderte Bismarck, »machen Sie sich deswegen keine Sorgen. Dafür habe ich diesen Herrn mitgebracht« – er deutete auf Bleichröder –, »der zählt von Erschaffung der Welt an.«

LATEIN

Eine ebenso langwierige wie unnütze Diskussion erhob sich im preußischen Hauptquartier in Paris jedes Mal, wenn die Sprache auf die bevorstehende Kaiserkrönung kam und heftig debattiert wurde, wie der künftige Kaiser zukünftig genannt werden sollte: Deutscher Kaiser oder Kaiser von Deutschland oder Kaiser der Deutschen. Einmal bat man auch Bismarck in dieser Angelegenheit um seine Meinung.

»Weiß einer der Herren vielleicht, was auf Latein wurscht heißt?«, fragte er zurück.

»Farcimentum«, entgegnete jemand.

»Nun«, meinte Bismarck, »dann würde ich mit den alten Lateinern sagen: Nescio quid mihi magis farcimentum esset« – zu deutsch: »Ich wüsste nicht, was mir mehr wurscht sei.«

EIN EBENBÜRTIGER DIPLOMAT

Während des Krieges sollte Bismarck einem einfachen Soldaten, der sich vor dem Feind ausgezeichnet hatte, das Eiserne Kreuz Erster Klasse überreichen. Bismarck juckte es, den Mann in Versuchung zu führen, und so fragte er ihn, ob er nicht lieber statt des Kreuzes ein Geschenk von hundert Talern haben wolle.

Der Soldat überlegte und stellte dann die Gegenfrage, wie viel denn das Eiserne Kreuz eigentlich wert sei. Bismarck erwiderte, dass – abgesehen von seiner ideellen Bedeutung – der Materialwert der Auszeichnung nicht mehr als zwei Taler betrage. »Nun«, meinte der Soldat, »dann bitte ich Exzellenz um achtundneunzig Taler und das Eiserne Kreuz.«

DER PREIS

Bismarcks Sarkasmus ließ ihn oftmals die menschliche Dimension seiner politischen Entschlüsse vergessen. Besonders krass trat das bei der Diskussion über die Kriegskontributionen zutage. Durch seinen Bankier Bleichröder, der lange in Paris gelebt hatte, war Bismarck bestens über die finanzielle Situation der französischen Banken und die Kapitallage der Stadt Paris informiert. Dennoch war die Hauptstadt durch Blockade und Bürgerkrieg völlig am Ende. Die französische Seite bot nach langen Verhandlungen schließlich 200 Millionen Francs als Kriegsentschädigung an.

»Mais non«, erwiderte daraufhin Bismarck, »Paris ist eine zu große Persönlichkeit, als dass wir es so kleinlich behandeln könnten. Erweisen wir der Stadt die Ehre von einer Milliarde.«

MUT

Als Bismarck 1871 in Paris einritt, trat ein Franzose an ihn heran und rief: »Canaille vulgaire – Gemeine Kanaille!«

Warum er den Mann nicht habe festnehmen lassen, wurde er gefragt, als der Vorfall bekannt geworden war. Darauf Bismarck: »Der Mut des Mannes imponierte mir.«

ERINNERUNGEN

Paris stand kurz vor der Übergabe, und Bismarck – sehr zum Leidwesen der preußischen Generalität – führte auch hier die Geschäfte. Gegenüber Jules Favre betonte er, dass er die Franktireure, die im Hinterland einen Partisanenkrieg gegen die Preußen führten, nicht als reguläre Soldaten anerkennen und infolgedessen bei Gefangennahme standrechtlich erschießen lassen würde. Favre erinnerte ihn an 1813 und an den Volkskrieg der Deutschen gegen die französische Armee.

»Gewiss«, meinte Bismarck, »das weiß ich. Aber wenn wir unsere Bäume betrachten, so erinnern wir uns auch derer, die Ihre Generale daran haben aufknüpfen lassen.«

TABAK-PARFÜM

Der englische Botschafter Lord Russell war zur Audienz geladen, musste jedoch im Vorzimmer von Versailles warten, da Graf Arnim noch beim Kanzler vortrug.

Endlich erschien Arnim – puterrot – auf der Türschwelle. »Nicht auszuhalten«, stöhnte er, »der Mensch raucht ein Kraut – fürchterlich! Ich musste ihn bitten, das Fenster zu öffnen. Wenigstens können Sie jetzt frische Luft atmen.«

Bismarck bat den Engländer herein.

»Ah, mein lieber Russell«, empfing er ihn erfreut. »Endlich. Dieser Arnim! Auf eine Weise parfümiert, dass es nicht auszuhalten ist. Ich musste das Fenster aufreißen.« Sprachs und steckte sich genussvoll eine seiner dicken Havannas an.

LEKTION À L'ALLEMANDE

Bismarck, dessen Französisch ausgezeichnet war, traf sich mit Thiers wiederholt, um die Bedingungen des Friedensvertrages zu besprechen. Zwischen den beiden Männern war dabei so etwas wie Hochachtung vor den Fähigkeiten des anderen entstanden. In Temperament und Sozialisation verschieden – für Thiers war Bismarck ein »Barbar, wenn auch ein liebenswürdiger«, und Bismarck störte an dem Franzosen, dass »der Gedankenschaum unaufhaltsam aus ihm quillt wie aus einer geöffneten Flasche« –, kamen sie dennoch relativ gut miteinander aus. Bei einer allzu harten Forderung des Preußen fuhr jedoch Thiers empört auf: »Mais monsieur le comte, c'est une indignité! – Aber Herr Graf, das ist eine Würdelosigkeit!«

Bismarck redete weiter, als sei nichts geschehen, aber auf Deutsch. Thiers war perplex, schließlich meinte er zu Bismarck: »Aber Herr Graf, Sie wissen, dass ich kein Wort Deutsch verstehe.«

Darauf erwiderte Bismarck, nun auf Französisch: »Als Sie vorhin Würdelosigkeit sagten, merkte ich, dass ich nicht genug Französisch kann, um das Wort richtig zu begreifen. Deshalb zog ich es vor, mich deutsch mit Ihnen zu unterhalten. Da weiß ich, was ich meine.«

IN UNIFORM

Nach dem Ende des Deutsch-Französischen Krieges leitete Bismarck in Frankfurt/Main die endgültigen Friedensverhandlungen. Wie immer stieg er im »Hotel zum Schwan« ab, doch erkannte ihn der Hotelier nicht gleich und bat um Entschuldigung.

»Wenn Durchlaucht in Uniform waren, habe ich Sie immer gleich erkannt.«

Bismarck meinte lachend: »Genauso ist es den Franzosen ergangen. Die haben uns auch erst erkannt, als wir Uniform trugen.«

EINIGE KANONEN

General von Ising hatte im Deutsch-Französischen Krieg einen Arm verloren. Er wurde Direktor des Zeughauses in Berlin und machte allmählich aus dem Arsenal eine berühmte Waffensammlung. Eines Tages, einige Zeit nach dem Friedensschluss mit Frankreich, kam Bismarck zu ihm und sagte: »Herr General, was versteht man eigentlich unter ›einige‹? Das sind doch drei oder vier?«

»Gewiss«, erwiderte Ising, »aber es können natürlich auch fünf oder sechs sein.«

»Gut«, meinte Bismarck, »der Kaiser hat mir nämlich gesagt, ich soll mir von Ihnen einige Kanonen für meinen Park geben lassen. Haben Sie doch die Güte, sechs heraussuchen und nach Schönhausen transportieren zu lassen.«

LAUTER GESCHENKE

In einem Brief vom November 1871 schrieb Thiers an Tissot, den damaligen französischen Botschafter in London, über eine Begegnung mit Bismarck: »Ich sagte Herrn von Bismarck, als Gott ihm seinen Verstand verlieh, da habe er ihm zweifellos ein sehr schönes Geschenk gemacht. Aber ein ebenso schönes Geschenk seien seine Feinde von 1866 und 1870 gewesen. Bismarck widersprach mitnichten.«

Der Reichskanzler

VOM WERT DER PERLEN

In den Zeiten des Kulturkampfes ging es in den Debatten des Reichstages hoch her. Besonders der Zentrumsführer, Ludwig Windthorst, wurde Bismarcks Lieblingsfeind. Dabei verstand es Windthorst immer wieder, sich zwischen alle Stühle zu setzen. So rief er einmal in einer jener denkwürdigen Kulturkampfdebatten dem Pathologen Virchow – auch er ein Bismarckgegner wie Windthorst – zu: »Mit einer Religion, die an der Spitze des Seziermessers endet, kann man nicht disputieren.«

Bismarck meinte über Windthorsts Debatten, dass »das Oel seiner Worte nicht von der Sorte ist, dass es Wunden heilt, sondern von der, die Flammen nährt, Flammen des Zorns«. Da er »die Bildung dieser Fraktion nicht anders betrachten könne als im Lichte einer Mobilmachung der Partei gegen den Staat«, forderte er das Zentrum auf, sich von seinem Fraktionsführer, dieser »annektierten Perle von zweifelhaftem Wert«, zu trennen.

Daraufhin erwiderte der Abgeordnete Mallinckrodt: »Wir sind stolz darauf, in unserer Mitte ein so hervorragendes Mitglied zu haben wie den Abgeordneten für Meppen ..., man hat eine Perle annektiert, und wir haben diese Perle in die richtige Fassung gebracht.«

Darauf Bismarck: »… für mich hängt der Wert einer Perle sehr von ihrer Farbe ab, ich bin darin etwas wählerisch.«

INFORMATIONEN

Im Reichskanzlerpalais trafen sich abends im Salon der Fürstin häufig Gäste. Bismarck, durch seine Arbeit in Anspruch genommen, kam meist später hinzu und plauderte dann ganz ungezwungen über Dinge, die eigentlich hätten geheim bleiben sollen. Als ihn einer seiner Freunde einmal deswegen ansprach, erwiderte der Kanzler: »Ich gehe davon aus, dass jeder Gast, der derart familiär in meinem Haus verkehrt, auch genau weiß, was er wiedererzählen kann und was nicht.«

KARRIEREVERSESSEN

In jedem Vordermann in der Karriere sehe ich einen persönlichen Feind und behandele ihn auch dementsprechend, nur darf er es nicht merken«, äußerte Harry von Arnim, nachdem er Botschafter in Paris geworden war, gegenüber Bismarck. Der war durchaus hellhörig und sollte recht behalten: Arnim arbeitete mit allen erlaubten Mitteln (nebenbei gesagt, auch unerlaubten, wofür er zu Zuchthaus verurteilt wurde und die letzten Lebensjahre im Ausland verbringen musste) daran, den Kanzler zu stürzen und dessen Platz selbst einzunehmen. Bismarck bestellte ihn eines Tages zum Rapport und meinte: »Sie konspirieren mit der Kaiserin und werden nicht eher ruhen, bis Sie an diesem Tisch sitzen und gesehen haben, dass es auch nichts ist.«

AUDIENZPRÄFERENZEN

Als Bismarck auf dem Nachhauseweg vom Reichstag war, sprach ihn ein Mann an, der schon mehrfach versucht hatte, eine Audienz bei ihm zu erlangen, aber stets abgewiesen wurde. Auch Bismarck versuchte, »den ungemein schmierigen Menschen« abzuwimmeln. Doch der Mann ließ sich nicht abschütteln und meinte, der Kanzler würde doch einem deutschen Schriftsteller eine Audienz gewiss nicht abschlagen.

»Doch«, erwiderte daraufhin Bismarck, »gerade deutschen Schriftstellern gebe ich niemals Audienzen.«

DER UNTERSCHIED

In seinen Petersburger Jahren hatte Bismarck ein wenig Estnisch gelernt. Als Kanzler war er später einmal Gast einer estländischen Adelsgesellschaft und saß zwischen zwei wunderschönen baltischen Komtessen bei Tisch. Die beiden Damen ergingen sich in ihrer Sprache über die berühmten drei Haare des Reichskanzlers, ohne zu ahnen, dass er sie verstand.

Mit seinem nur den Damen vorbehaltenen liebenswürdigen Lächeln wandte sich der Kanzler an seine Tischnachbarinnen und sagte: »Wenn man so aussieht wie Sie, meine Damen, muss man Haare auf dem Kopf, wenn man so aussieht wie ich, Haare auf den Zähnen haben!«

ÜBERMENSCHEN

Folgende Geschichte erzählte Bismarck besonders gern: »Auf Gut Varzin erkrankte einmal meine Frau, und da unser Hausarzt verreist war, ließen wir einen jungen Arzt kommen. Er blieb zum Essen, sprach dem Wein gut zu und erzählte von einem Bauern, den man bei einer Schlägerei derart zugerichtet hätte, dass sein Gehirn durch eine klaffende Kopfwunde ausgetreten sei. Er habe den Mann mit vierundzwanzig Stichen genäht, und drei Tage nach der geglückten Operation sei der Mann wieder aufs Feld zur Arbeit gegangen.

Ich tat so, als ob ich an seiner Geschichte nicht den mindesten Zweifel hegte. ›Erstaunlich‹, sagte ich zu ihm, ›aber in Berlin ist einem Ihrer Kollegen eine noch viel erstaunlichere Operation gelungen.‹ Kommt da ein Mann zu einem bekannten Chirurgen und klagt über entsetzliche Kopfschmerzen. ›Wir müssen Ihr Gehirn untersuchen‹, sagt der Arzt zu dem Mann. Er öffnet ihm die Schädeldecke, nimmt das Gehirn heraus, setzt ihm die Schädeldecke wieder auf und sagt: ›Kommen Sie in zwei Tagen, bis dahin habe ich Ihr Gehirn in Ordnung gebracht, so dass Sie nie mehr über Kopfschmerzen klagen werden.‹ Der Patient dankt dem Arzt und zieht heiter von dannen. Als er sich nach zwei Tagen nicht blicken lässt, schickt der Chirurg nach ihm, er möge sich doch bitte sein Gehirn wieder einsetzen lassen, es sei höchste Zeit, es rieche schon ein wenig. Der Patient bestellt, er danke ihm für seine Mühe, aber er vermisse das Gehirn mitnichten, er sei gerade Abgeordneter geworden.

Der junge Arzt lachte zwar über meine Geschichte, verabschiedete sich aber bald. Obwohl er noch oft bei uns zu Gast war, hat er keine weiteren erstaunlichen Geschichten mehr aus seiner Praxis zum Besten gegeben.«

EHRLICHE MEINUNG

Der Schuster Breitsprecher galt in Berlin nicht nur als guter Handwerker, sondern auch als Original und hielt mit einem Witzwort nicht hinterm Berg. Bismarck ließ seine Stiefel bei ihm anfertigen.

Eines Tages hatte Breitsprecher neue Stiefel für den Kanzler fertig und wollte sich persönlich davon überzeugen, dass sie auch passten. Da er im Palais gut bekannt war, wurde er ohne weiteres eingelassen. Er wartete in einem Zimmer, dessen Tür zum Nachbarzimmer nur angelehnt war. Dort tagte gerade das Kabinett und war über alle anstehenden Fragen heillos zerstritten. Unwillig brach Bismarck die Sitzung schließlich ab.

Verärgert eilte der Kanzler aus dem Zimmer, entdeckte Breitsprecher im Nebenraum und fragte: »Sie haben alles gehört?«

»Et jing ja jar nich anders, Exzellenz, die Tür stand ja offen.«

»Und, was haben Sie sich dabei gedacht?«

»Jedacht hab ick mir bloß: Jetz weeß ick janz jenau, det Jott die Welt regiert. Die Ministers bringen et nämlich nich!«

NEID

Seinen Standesgenossen, den preußischen Junkern, warf Bismarck vor, dass sie ihm neideten, 1864 Graf und 1871 Fürst geworden zu sein. Seinem Freund Moritz von Blanckenburg allerdings erklärte er, der Hass dieser Kreise nach der Reichsgründung rühre wohl eher aus seiner Bemerkung, »dass wir immer liberaler werden müssen«. So hatte ein pommerscher Junker gedroht, sie wollten Bismarck »noch so klein machen, dass er jedem ehrlichen Krautjunker aus der Hand fressen« würde. Noch weiter verstieg sich der schlesische Graf von Stolberg, der öffentlich erklärte: »Wenn Bismarck gehängt werden soll, so ziehe ich mit an seinem Strick.«

EIGENTUM I

Bismarcks Verhältnis zum Eigentum war ganz und gar das des altpreußischen Junkers. So sagte er einmal: »Es liegt mir wenig daran, ein schönes Haus zu bewohnen, in schönen Parks spazieren zu gehen, in guten Betten zu schlafen und an feinen Tafeln zu speisen. Ich finde in dem allen keinen Reiz, wenn das Haus nicht mein Haus, diese Bäume nicht meine Bäume, wenn es nicht mein Bett und mein Tisch ist.«

EIGENTUM II

Mit seinem Jugendfreund Alexander Graf Keyserling schlenderte Bismarck einmal durch seine Varziner Besitzungen. Als sie aus dem Wald heraustraten, zeigte Bismarck dem Grafen die angrenzenden Nachbargüter und meinte, an jedem Abend bekäme er einen Heißhunger nach dem Annektieren dieser Güter, am Morgen allerdings könne er sie ganz gelassen betrachten.

HASENJAGD

In Varzin war Bismarck einmal mit einem Kammergerichtspräsidenten auf der Jagd. Als in ihrer Nähe ein Hase auftauchte, sagte der Jurist: »Der ist zum Tode verurteilt«, hob die Flinte, legte an und – verfehlte den Hasen, der davonhoppelte. Bismarck lachte schallend und meinte: »Der Todeskandidat ist mit Ihrem Urteil nicht einverstanden, darum rennt er jetzt nach Leipzig, um beim Reichsgericht Revision einzulegen.«

VORBEIGESCHOSSEN UND DOCH GETROFFEN

Im Februar 1873 enthüllte Eduard Lasker vor dem preußischen Landtag in einer dreistündigen Rede Manipulationen zwischen Handelsministerium und Eisenbahnunternehmen. Dabei kam heraus, dass Hermann Wagener, einer der engsten Mitarbeiter und Vertrauten Bismarcks (»Sie sind der einzige in meiner Umgebung, mit dem ich rückhaltlos offen mich ausspreche, und wenn ich das nicht mehr kann, so ersticke ich an meiner Galle«), bei der Gründung der Pommerschen Centralbahn in dubioser Weise mitgewirkt hatte.

Der linke Liberale agierte dabei allzu eifernd und bemerkte nicht, dass er sich unfreiwillig vor den Karren liberal-konservativer Großunternehmer spannte, denen der »rötliche« Einfluss Wageners auf Bismarck in allen Fragen der Sozialreform schon lange suspekt war.

Bismarck erkannte sofort, was da gespielt wurde, und stellte Lasker erbost zur Rede. Der rechtfertigte sich damit, dass er Bismarck ja gar nicht angegriffen habe. Zornig erwiderte der Kanzler: »Aber Sie haben so nahe an mir vorbeigeschossen, dass Sie mich auch um ein Haar getroffen hätten!«

DAS ATTENTAT VON BAD KISSINGEN

Im Sommer 1874 fuhr Bismarck zur Kur nach Bad Kissingen. Bei einer seiner Ausfahrten gab der Böttchergeselle Kullmann am 13. Juli einen Pistolenschuss auf ihn ab, der jedoch den Kanzler nur leicht am Knöchel der rechten Hand verletzte, mit der dieser soeben leutselig die Menge gegrüßt hatte.

Zum Abendessen erschien Bismarck wieder bei Tisch und bewies, dass sein trockener Humor keinen Schaden genommen hatte: »Die Sache ist zwar nicht kurgemäß, aber das Geschäft bringt es so mit sich.«

BELLACHINI

Unter den Kurgästen, die Bismarck beglückwünschten, das Attentat heil überstanden zu haben, war auch der zur damaligen Zeit berühmte Zauberkünstler Bellachini, der ihm aufgeregt berichtete, dass er als Augenzeuge das Attentat ganz aus der Nähe beobachtet habe. Bismarck nahm dessen Glückwünsche lächelnd entgegen und meinte: »Wenn Sie schon in der Nähe waren, hätten Sie dann die Kugel nicht auffangen können?«

LUSTIGER LORBEER

Bad Kissingen wurde der bevorzugte Kurort des Kanzlers. Einmal gastierte im dortigen Theater der bayerische Komiker Konrad Dreher. Bismarck schaute aus der Proszeniumsloge dem Stück ziemlich ernst zu, denn er verstand von dem Dialekt so gut wie nichts. Doch wusste er, was er seinen Kissingern schuldig war und hielt getreulich aus. Als man Dreher nach Schluss der Vorstellung einen großen Lorbeerkranz überreichte, klatschte auch Bismarck lebhaft Beifall. Dreher trat in schneller Eingebung mit dem Lorbeerkranz an die Rampe und überreichte ihn unter begeistertem Applaudieren des Publikums dem Kanzler. Dieser gab seine ernste Miene auf und hängte sich den Kranz freundlich lächelnd um den Hals. Da bemerkte er, dass die Menschen unmittelbar vor ihm hell auflachten. Auf der Schleife stand: »Dem größten Komiker Deutschlands.«

GANZ FAMILIÄR

Bei einem Dinner saß die Gattin des amerikanischen Gesandten neben Bismarck und unterhielt sich lebhaft und ungezwungen mit ihm, nannte ihn anfangs zwar respektvoll »Durchlaucht«, dann »verehrter Fürst«, und beim Dessert bereits »mein lieber Bismarck«.

Der Kanzler, obwohl er die Absicht nur zu gut durchschaute, genoss den etwas aufgesetzten Charme, sah sie beim Mokka von der Seite an und meinte schmunzelnd: »Mein Vorname ist Otto, gnädige Frau.«

POMPA-TOUR

Als Bismarck Gesandter in St. Petersburg war, hatte er engen Kontakt zum russischen Reichskanzler Gortschakow gehalten. Später entfremdeten sich die beiden, was wohl weniger an politischen Meinungsverschiedenheiten lag als an Gortschakows krankhafter Eitelkeit. So behaupteten seine Untergebenen von ihm: »Il se mire dans son encrier. – Er spiegelt sich sogar in seinem Tintenfass.«

Bismarck gegenüber äußerte er einmal während seines Berlin-Aufenthaltes 1876, er könne nicht vor Gott erscheinen, ohne einer wichtigen europäischen Konferenz vorgestanden zu haben. Der deutsche Reichskanzler bot ihm daraufhin an, das Präsidium der Berliner Diplomatenkonferenz zu übernehmen, auch wenn dies nur ein offiziöses Gremium sei.

Als Gortschakow die Konferenz mit einer bombastischen Rede eröffnete, notierte Bismarck auf einem Blatt Papier: pompous, pompo, pomp, pom, po...

KAISER UND KANZLER

Zu den preußischen Legenden gehört zweifellos jene vom reibungslosen »Funktionieren« zwischen Wilhelm I. und Bismarck. Schwerlich kann man sich gegensätzlichere Naturen als die beiden vorstellen: hier der stets zaudernde, im Allgemeinen befangene und leicht zu Tränen gerührte Kaiser, dort der kühl kalkulierende sowie knapp und plastisch formulierende Reichskanzler.

Bei allen politischen Entscheidungen war es stets Bismarcks schwerste Aufgabe, erst einmal den Kaiser zu überzeugen – hier half nur des Kanzlers bedingungslose Loyalität gegenüber dem Herrscher. Einem ausländischen Diplomaten gegenüber beklagte er, dass Wilhelm stets unter dem Eindruck des letzten Gesprächspartners stehe, »am Morgen wird er das Gegenteil von dem sagen, was er am Abend zuvor gesagt hat«. Bisweilen pflegte er auch gegenüber seinen Untergebenen sarkastisch zu bemerken: »Seine Majestät haben die erstaunliche Eigenschaft, am Dienstag die Dinge wieder neu zu ordnen, die am Montag entschieden wurden.«

Doch auch der Kaiser beklagte sich, zwar seltener über die Person des Kanzlers, um so mehr aber über seine eigene Rolle in der Politik. Als konstitutioneller und in der Entscheidung eingeschränkter Monarch war der politische Einfluss von Wilhelm I. nach der Reichsgründung nur noch gering: »Im Staate habe ich ja nicht mehr zu sagen als ein Geheimrat zweiter Klasse«, machte er sich hin und wieder gekränkt Luft.

Noch bekannter ist sein Ausspruch: »Es ist schwer, unter Bismarck Kaiser zu sein.«

WORTE, NICHTS ALS WORTE

Seit Delbrücks überraschendem Rücktritt als Präsident des Reichskanzleramtes im April 1876 fehlte ein Stellvertreter Bismarcks, der dessen Kurs auch als Persönlichkeit tragen konnte. Mehrere Minister waren als Nachfolger im Gespräch, darunter auch Handelsminister Achenbach. Doch gerade er war häufig Bismarcks Kritik ausgesetzt. Von einem Abgeordneten einmal darauf hingewiesen, dass sich Achenbach doch besondere Verdienste beim Reichseisenbahnprojekt erworben habe, winkte Bismarck unwirsch ab und knurrte unwillig: »Das Einzige, was er wirklich kann, sind lange Reden im Reichstag halten.«

ROSS UND REITER

Der Kanzler dachte 1877 ernsthaft an Rücktritt und richtete ein entsprechendes Gesuch an den Kaiser. Nachdem dieser das Schreiben kopfschüttelnd gelesen hatte, schrieb er ein einziges Wort an den Rand, das berühmt gewordene »Niemals!« (Auch das ist eine Legende, denn das Abschiedsgesuch wurde nie schriftlich eingereicht; möglich ist immerhin, dass Wilhelm sein »Niemals« im Gespräch geäußert hat.)

Als sich die beiden später begegneten, meinte der Kaiser zu seinem Kanzler: »Sie bleiben! Denken Sie bitte daran, dass ich achtzehn Jahre älter bin als Sie. Und ich halte auch aus.«

»Das ist nicht weiter verwunderlich«, erwiderte Bismarck, »Majestät sind frisch, ich aber bin verbraucht. Das Pferd wird eher müde als der Reiter …«

ZWEI FLIEGEN MIT EINER KLAPPE

Innenpolitisch war das Jahr 1878 für Bismarck eines der schwierigsten. Nach außen hin waren die Sozialdemokraten für ihn der Feind Nummer 1; politisch effektiver gegen ihn war die Opposition der Nationalliberalen. Als am 11. Mai 1878 der zwanzigjährige Klempnergeselle Hödel mit einem schadhaften Revolver zwei Schüsse auf Wilhelm I. abgab (eines der »harmlosesten Attentate des Jahrhunderts«, schrieb Franz Mehring in seiner »Geschichte der deutschen Sozialdemokratie«), rief Bismarck aus:

»Jetzt haben wir sie!«

»Die Sozialdemokraten, Durchlaucht?«, fragte einer aus der Umgebung des Kanzlers.

»Nein, die Liberalen«, erwiderte er.

SCHAMLOS

Bei der Beratung über die Mietsteuer wurde die Rede Bismarcks durch den Zwischenruf »Schamlos!«, unterbrochen. Erst nach tumultartigen Szenen – und nachdem Bismarck geäußert hatte, dass der Zwischenruf von einem Abgeordneten käme, der sicher keine Scham kenne – bekannte sich der Abgeordnete Struve zu dem Zwischenruf. Nach dem Schluss von Bismarcks Rede erhob sich Struve mit einer Bemerkung zur »Geschäftsordnung«. Er wollte vom Präsidenten wissen, welche Schritte dieser gegen den Reichskanzler unternehmen wolle, »der hier gesagt hat, der Ausdruck ist von einem Abgeordneten gefallen, der selbst keine Scham hat«.

Noch ehe Präsident von Goßler antworten konnte, erklärte Bismarck: »Ich habe zu meiner Rechtfertigung zu bemerken, dass ich diese Äußerung getan habe, bevor der Herr Abgeordnete die Güte gehabt, sich zu nennen. Nachdem er sich genannt, nehme ich den Ausdruck zurück. Der Herr Abgeordnete kennt gewiss Scham.«

DAS PRIMAT POLITISCHER FRAGEN

Am 2. Juni 1878 gab ein Dr. Nobiling aus einer Schrotflinte zwei Schüsse auf den Kaiser ab und verletzte ihn. Als Bismarck in Friedrichsruh von dem Attentat erfuhr, war seine erste Reaktion: »Jetzt lösen wir den Reichstag auf!«

Dann erst – und das ist verbürgt – erkundigte er sich nach dem Befinden des Kaisers.

DER KONGRESS TAGT

Erstmalig war Berlin im Sommer 1878 Tagungsort eines großen, weltpolitischen Kongresses: Auf dem Programm stand die territoriale Regelung nach der Niederlage der Türkei auf dem Balkan, die den Interessen Russlands, Englands und Österreichs gerecht werden sollte. Zunächst ging es um die Grenzen Bulgariens. Russland schlug vor, Bulgarien der Länge nach zu teilen, und hatte die türkische Delegation soweit dafür gewonnen, dass Bismarck drauf und dran war, auf die russische Forderung einzugehen. Fraglich war nur die Haltung Englands dazu. Bismarck beratschlagte sich mit Andrassy, dem österreichischen Außenminister, der seine Zustimmung von der Englands abhängig machte. Als Bismarck antwortete, er wolle die Sache am nächsten Vormittag mit Lord Beaconsfield verhandeln, schickte Andrassy schleunigst einen Sekretär zum Earl, um diesen auf die drohende Gefahr vorzubereiten. Als der Reichskanzler Tags darauf bei Beaconsfield mit der Frage eintrat, wie Seiner Lordschaft denn Berlin und die Berliner gefielen, denen ja nicht gerade Liebenswürdigkeit nachgesagt würde, lautete die Antwort: »Ausgezeichnet. Mir gefällt Berlin viel besser als sein Ruf, und ich habe äußerst liebenswürdige und zuvorkommende Menschen getroffen. Vor kaum einer Stunde schickte ich einen meiner Sekretäre zum Bahnhof, um beim Vorsteher anzufragen, ob es möglich sei, für mich und meinen Stab am Nachmittag einen Sonderzug nach London zu bekommen, und der liebenswürdige, zuvorkommende Mann hat mir«, schloss Beaconsfield, wobei er jedes Wort deutlich betonte, »diesen eventuellen Sonderzug ohne weiteres versprochen.«

Bismarck erwähnte bei seinem Besuch Bulgarien mit keinem Wort, und auf diese Weise kamen Donau-Bulgarien und Ostrumelien zustande. Beaconsfields Sonderzug aber zeigte sich immer wieder am diplomatischen Firmament, so oft Englands Diplomaten unveränderlich an ihren Forderungen festhielten.

FLAGGENWECHSEL

Einen Tag, nachdem man sich beim Berliner Kongress schließlich doch noch auf die bulgarischen Grenzen geeinigt hatte, ließ Bismarck die weiße deutsche Kriegsflagge auf dem Reichskanzlerpalais einholen und stattdessen die Handelsflagge hissen.

EIN BISSCHEN MAZEDONIEN

Während des Kongresses fand ein gemütliches Abendessen der beteiligten Diplomaten statt, bei dem einmal nicht über Politik geredet werden sollte. Der griechische Gesandte Rhangabè verstand es dennoch, während des Essens einem seiner wichtigsten Wünsche Nachdruck zu verleihen.

Man hatte auf der Speisekarte, um den internationalen Charakter der Begegnung zu betonen, den Gerichten allerlei Namen gegeben, die sich auf die einzelnen Länder bezogen. Eine Gemüseplatte zum Beispiel nannte sich »Mazedonien«. Als der Diener das Gericht dem griechischen Gesandten anbot, lehnte dieser dankend ab. Bismarck bemerkte zweideutig: »Aber warum lehnen Sie denn ab? Nehmen Sie doch ein bisschen von ›Mazedonien‹!«

Darauf Rhangabè eindeutig: »Ein bisschen? Das ganze will ich haben!«

DIE LASTEN DES ALTERS

Bei den abendlichen Soireen im Reichskanzlerpalais ging es immer recht offen zu. Meinungen zur Politik, aber auch zu Personen wurden freizügig und scharfzüngig geäußert. Es mag wohl bei einer dieser Soireen gewesen sein, dass Bismarck gegenüber einer Gruppe nationalliberaler Abgeordneter, die ihn auf einen Widerspruch in einer seiner Reden hinwiesen, äußerte: »Ja, ja, mit dem Alter ist es schon recht seltsam. Je weiter es fortschreitet, desto schwerer fällt einem das Lügen.«

LOB

Nach dem Kongress war Benjamin Disraeli für den deutschen Reichskanzler des Lobes voll: »Er spricht, wie Montaigne schreibt.«

Bismarck, den ein Journalist nach Kongressende fragte, wen er denn für den ersten Diplomaten des Kongresses gehalten habe, antwortete darauf: »Wen ich für den ersten Diplomaten halte, kann ich nicht sagen; gewiss ist aber Lord Beaconsfield der zweite.«

ABER MIT GRAZIE

Da sich nach dem Berliner Kongress die Beziehungen Deutschlands zu den Westmächten verbessert hatten, ging Bismarck daran, die innen- und außenpolitische Schwäche Russlands auszunutzen und es wieder zur Zusammenarbeit im Dreikaiserverhältnis zwischen Deutschland, Österreich und Russland zu veranlassen.

Dabei gab er einmal bei einer Zusammenkunft die Richtlinie seines Pressekampfes gegen Gortschakow zum

Besten: »Gortschakow ist eine Calamität für Russland und für dessen Freunde; der beste Wille der Letzteren reicht nicht hin, um die Folgen seiner Thorheit gutzumachen. Was man darüber schreibt, muss aber höflich und wohlwollend für Russland, besonders den Kaiser sein. Letzterer war befähigt, Besseres zu erreichen, wenn seine auswärtige Politik seit drei Jahren geschickter geführt wurde; die Fähigkeit, Freunde misstrauisch zu machen, Gegner zu reizen, ohne die Mittel zu deren Bekämpfung zu haben oder bei Freunden zu gewinnen, hat Fürst Gortschakow in hohem Maße bewiesen. Bei Frankreich hat er gebettelt, Österreich ungeschickt und uns mit Überhebung behandelt.« Der Schlusssatz war bismarcksche Diplomatie in Reinkultur: »Mit diesen Worten kann das natürlich nicht öffentlich gesagt werden. Sie geben nur das mit Grazie zu variierende Thema in kürzester Fassung.«

BLOSS KEIN UNNÖTIGER EDELMUT!

Im Jahre 1879 waren die Beziehungen zwischen dem Deutschen Reich und Russland empfindlich abgekühlt. Beim Besuch des Zarewitsch im selben Jahr weilte Bismarck auf seinem Gut in Varzin, und der Kronprinz verbrachte seinen Urlaub in Italien. Beide ließen sich nicht blicken. Den größten Affront aber bereitete Bismarck dem russischen Reichskanzler Gortschakow. Wenn der russische Fürst erwartet wurde, pflegte das

Außenministerium das Reichseisenbahnamt und dieses die untergeordneten Beamten anzuweisen, auf jeder größeren Station ab der Grenze für den Fürsten und sein Gefolge je nach Tageszeit ein Frühstück, Mittag oder Souper bereitzuhalten. Diesmal hatte zwar kein Befehl die Grenzstation erreicht, aber der Vorsteher glaubte nur an ein Versehen und ließ nach Absendung einer telegrafischen Rückfrage vorläufig auf eigenes Risiko das gleiche delikate Frühstück wie gewöhnlich anrichten. Gortschakow ließ es sich schmecken. Inzwischen ging die Antwort auf die Rückfrage ein: »Für spezielle Schritte der dargelegten Art besteht keinerlei Anlass. Bismarck.« Der Stationsvorsteher zahlte das Frühstück aus eigener Tasche, die anderen präsentierten daraufhin dem wütenden Gortschakow die Rechnung. Beim Eintreffen in Berlin wurde Gortschakow nicht einmal vom Kaiser empfangen.

SOZIALISTEN

Schon im Jahr der Reichsgründung hatte Bismarck geäußert: »Man muss realisieren, was in den sozialistischen Forderungen gerecht erscheint.« Dieser Gedanke, schon mit Lassalle erörtert, ließ ihn nicht mehr los. Aber auch dabei wollte er die Dinge »selbst in der Hand haben« und sie mitnichten den Sozialdemokraten überlassen. 1878 drückte er das Sozialistengesetz durch, das die sozialdemokratische Partei verbot und politisch kaltstellte. Als Vorwand diente ihm dabei »die Gefährlichkeit« der Sozialdemokratie. Bei der Begründung des Gesetzes trieb er den Zynismus sogar so weit, des Gründers der Sozialdemokratie, Ferdinand Lassalle, zu gedenken, der »im Übrigen ein höchst angenehmer Mann und kluger Kopf« gewesen sei, auch nicht republikanisch gesinnt, sondern »nur nicht sicher, ob die Dynastie Lassalle nicht einer Dynastie Hohenzollern« vorzuziehen sei.

1881 erklärte er seinem Vertrauten Moritz Busch: »Der am leichtesten Geld aufbringen kann, der Staat, muss die Sache in die Hand nehmen.« Und so begann Bismarcks Sozialgesetzgebung: Unfallgesetz, Krankenversicherung, Alters- und Invaliditätsvorsorge. Und wieder gegenüber Busch: »Es ist möglich, dass unsere Politik einmal zugrunde geht, aber der Staats-Sozialismus haut sich durch. Jeder, der diesen Gedanken wieder aufnimmt, wird ans Ruder kommen.«

IN DER KÜRZE LIEGT DIE WÜRZE

Der Handelsvertrag mit Österreich sollte 1879 verlängert werden, doch die in Berlin beteiligten Ressortminister konnten sich nicht einig werden. Sie beauftragten den Chef der Reichskanzlei, von Tiedemann, die Entscheidung Bismarcks, der auf Gut Varzin weilte, einzuholen. Bismarck saß mit dem Justizminister von Friedberg beim Frühstück und aß bei

Tiedemanns Vortrag ruhig weiter. Dann fällte er, »wie aus der Pistole geschossen«, seine Entscheidung: »Antworten Sie den Österreichern, ad 1: diese Konzession will ich zur Not machen; ad 2: fällt mir gar nicht ein; ad 3: das muss späteren Vereinbarungen vorbehalten bleiben«.

Und so ging es weiter, Punkt für Punkt, kurz und knapp. Als Bismarck sich in sein Arbeitszimmer zurückgezogen hatte, sagte Tiedemann zu Friedberg: »Was ist das für ein Mann! Da haben wir in Berlin sechs Stunden debattiert und sind zu keinem Entschluss gekommen. Und hier wird die Sache beim Frühstück in sechs Minuten erledigt.«

VOM SCHWIMMEN IN PFÜTZEN

Als sich 1879 der Kulturkampf zu entkrampfen schien, opferte Bismarck als Zeichen seines Einlenkens den antiklerikalen Kultusminister Adalbert Falk. Als Nachfolger fungierte Robert von Puttkamer, der sich beeilte zu erklären, dass er von seinem Vorgänger weit abweiche. Auch sonst pflegte von Puttkamer gern, lange und oft auch unnütz zu reden, was Bismarck zu der ironischen Bemerkung über dessen Redelust reizte: »Ein vorzüglicher Schwimmer, aber schade, er schwimmt in jeder Pfütze.«

HÖFLICHKEIT IM AMTE

Auch vor der letzten Galgensprosse war Höflichkeit für Bismarck nicht nur lästige Etikette, sondern innere Haltung. In einem Runderlass vom 2. Dezember 1881 entrüstete sich der Amtschef über »Herren, welche Aktenstücke an mich einreichen«, deren Unterschriften »unverständlich bleiben«. Dieses Verhalten – sprich: eine unleserliche Unterschrift – sei für den reibungslosen Geschäftsgang des Ministeriums »absolut unzulässig«. Eine »deutliche Unterschrift« wäre »nicht allein aus Pflichten des Amtes, sondern schon aus denen der Höflichkeit notwendig«.

Letzteres war rot unterstrichen.

HASS

Je älter Bismarck wurde, desto mehr litt er an Schlaflosigkeit. Meist begab er sich erst spät zur Ruhe, weil er Angst vor dem langen Wachliegen hatte. Als er einmal in intimer Runde darüber sprach, wurde er gefragt, woher das käme.

»Ich habe die ganze Nacht gehasst«, antwortete er.

Und als man ihn daraufhin erstaunt anblickte, erklärte er: »Der Hass spornt genauso zum Leben an wie die Liebe. Zwei Menschen verschönen mein Dasein. Windthorst ist mir vom Schicksal für den Hass bestimmt und meine Frau für die Liebe.«

SCHWEINETREIBEN

Anfang der achtziger Jahre kam – zweifellos durch körperliche Ermattung verursacht – bei dem Kanzler mehr und mehr ein Gefühl der Politikverdrossenheit auf. »Ich bin es müde, Schweine zu treiben«, brachte er seine Unlust auf den Punkt.

WIE DER SOHN, SO DER VATER

Graf Herbert, Bismarcks ältester Sohn, war nicht nur außerordentlich fleißig, sondern auch pünktlich bis zur Pedanterie.
Als man in Friedrichsruh eines Tages mit einigen Gästen plaudernd bei Tische saß, wurde dem Fürsten ein Telegramm überreicht. Er las es, erhob sich und ging hinaus, um es zu beantworten.

Als er sich wieder zu den anderen an den Tisch setzte, meinte er: »Sie denken, dass es etwas ganz Dringendes war, aber das war es nicht. Das Telegramm kam von meinem Sohn Herbert, und wenn ich den auch nur kurze Zeit warten lasse, so schickt er ein Telegramm mit dem Vermerk ›eilt‹ hinterher. Er liebt bei allen geschäftlichen Dingen eine schnelle und klare Erledigung, und recht hat er. Er ist ein hervorragender Arbeiter. Wenn ich in meiner Jugend nur halb so viel getan hätte wie er, so hätte etwas Tüchtiges aus mir werden können.«

DAS KAMEL

Nach dem Erwerb deutscher Kolonien in Südwestafrika verbreitete sich das Gerücht, Bismarck wolle dem neuen Kolonialgebiet einen Besuch abstatten. Einer seiner Freunde fragte ihn daraufhin, ob es wahr sei, was man sich erzähle, dass er demnächst Afrika besuchen wolle.

»Gewiss«, antwortete der Kanzler, »und zwar auf dem Kamel, das diese Nachricht erfunden hat.«

AUF DEM GIPFEL

Mit dem Abschluss des Dreikaiserbündnisses und des Dreibundes, der beiden wichtigsten Verträge in der ersten Hälfte der achtziger Jahre, erreichte Otto von Bismarck den Höhepunkt seiner internationalen Autorität.

Im April 1882 bekannte er, dass ihm die auswärtige Politik »auch keine einzige schlaflose Stunde« bereite. Und er ging sogar so weit zu behaupten (wobei er gewiss nicht übertrieb), dass Frankreich und England nunmehr Deutschland um Rat fragten, Österreich nichts ohne Anfrage täte und Italien förmlich den Hof mache.

MOMMSEN

Einer der schärfsten Kritiker Bismarcks war der Historiker Theodor Mommsen, Gründungsmitglied der Deutschen Fortschrittspartei und Reichstagsabgeordneter, der dem Kanzler vorwarf, mit seinem »Ministerialdespotismus« die Institutionen im Lande zerstört zu haben. »Bismarck hat der Nation das Rückgrat gebrochen –, die Nation aber auf ein freiheitliches Regiment verzichtet.«

Bismarck selbst fühlte sich von Mommsen beleidigt, weil er 1882 die neue Wirtschaftspolitik eine »Politik des Schwindels« nannte. Er verklagte ihn daraufhin, aber das war nichts Besonderes, wenn man bedenkt, dass Bismarck für die vielen Beleidigungsprozesse zum Schluss vorgedruckte Formulare verwandte. Im Reichstag wetterte er folgendermaßen gegen den Professor: »Diese konstitutionelle Hausmeierei, die der Abgeordnete Mommsen mit einer für einen so angesehenen Geschichtsschreiber ungewöhnlichen Feindschaft gegen die Wahrheit mir vorwirft ... lässt mich annehmen, dass die Vertiefung in die Zeiten, die zweitausend Jahre hinter uns liegen, diesem ausgezeichneten Gelehrten den Blick für die sonnenbeschienene Gegenwart vollständig getrübt hat.«

DER GROBE SCHWENINGER

Ernst Schweninger wurde 1882 Leibarzt des Kanzlers und blieb es bis zu dessen Lebensende. Bismarcks Tagesrhythmus zu dieser Zeit sah, wie es Albrecht von Roon einmal beschrieb, so aus: Schlafen bis Mittag, Wachen bis zum Morgengrauen, Arbeiten bei Nacht und Essen für zwei bis drei. Der »schwarze Tyrann«, wie Bismarck den Arzt nannte, begann seine Kur mit Salzheringen, die den Zustand des Fürsten bereits wesentlich besserten. (Daher kommt übrigens der Name Bismarck-Heringe.)

Schweningers bayerische Derbheit ging vor allem der Fürstin bisweilen auf die Nerven. Der Arzt hatte dem Kanzler eine strenge Diät verordnet und jeden Alkohol untersagt. Letzteres fiel Bismarck besonders schwer. Das konnte die Fürstin nicht länger mit ansehen und reichte ihm eines Tages ein Glas Portwein. Schweninger merkte sofort, dass Bismarck Alkohol zu sich genommen hatte und stellte die Fürstin zur Rede: »Wenn Sie Ihren Mann umbringen wollen, dann geben Sie ihm dieses Gesöff ruhig weiter!«

Die Fürstin verbat sich diesen Ton. Doch blieb ihr nichts weiter übrig, als sich in Zukunft den Anordnungen des Arztes zu fügen, zumal sie die aufopferungsvolle Fürsorge achtete, die der Arzt dem Kanzler Tag und Nacht zuteil werden ließ. Das Befinden des Kanzlers besserte sich durch Schweningers rigorose Strenge zusehends.

Als Bismarck sich einmal selbst über die Derbheit des Bayern Luft machte, fragte ihn ein Freund, warum er denn den Grobian als Hausarzt behalte. »Alle Ärzte, die ich früher hatte«, erwiderte der Kanzler, »hatten bei mir nichts zu sagen. Er ist der Erste, bei dem ich nichts zu sagen habe – und das mit Erfolg!«

ZU VIEL FRAGEN

Bei seiner ersten Konsultation fragte Schweninger seinen Patienten ausführlich nach dessen Befinden und charakteristischen Beschwerden. Bismarck mochte es nicht, ausgefragt zu werden, und gab knurrige und patzige Antworten. Nicht weniger kurz angebunden erwiderte der Arzt: »Ich stehe zu Ihren Diensten, Durchlaucht; wünschen Sie jedoch behandelt zu werden, ohne dass man Fragen an Sie stellt, so wäre es besser, Sie vertrauen sich einem Tierarzt an. Der ist diese Methode gewöhnt.«

Bismarck war seitdem auskunftsfreudig wie nie zuvor.

TYRAS

Bismarcks treuester Hund hieß Tyras, eine deutsche Dogge. Oft sah man die beiden durch die Pforte des Gartens, der sich an das Reichskanzlerpalais anschließt, in die damalige Königgrätzer Straße (heute Stresemannstraße) treten, um durch den Tiergarten zu schlendern. Begab sich Bismarck in den Reichstag, dann sagte er beim Verlassen des Palais nur »Reichstag«, und sofort ließ Tyras betrübt den Kopf hängen, kniff den Schwanz ein und trottete durch den Garten zurück.

EUROPÄISCHES AFRIKA

Immer wieder wies Bismarck Mitte der achtziger Jahre, als besonders Großunternehmer verstärkt auf die Kolonialmacht Deutschland drängten, darauf hin, dass Fragen der Kolonialpolitik für ihn hinter den Erfordernissen der europäischen Politik zurückstehen müssten. »Meine Karte von Afrika liegt in Europa. Hier liegt Russland, und hier liegt Frankreich, und wir sind in der Mitte. Das ist meine Karte von Afrika.« Oder in einem anderen Gespräch: »Die Freundschaft Lord Salisburys ist mir mehr wert als zwanzig Sumpfkolonien in Afrika.«

RÜCKVERSICHERUNG

Am 18. Juni 1887 wurde nach langwierigen Verhandlungen jenes Abkommen zwischen Russland und Deutschland unterzeichnet, das allgemein als Rückversicherungsvertrag in die Geschichte eingegangen ist. Sein Hauptteil bestand in der gegenseitigen Zusage wohlwollender Neutralität für den Fall, dass eine der beiden vertragschließenden Parteien von einer dritten Großmacht angegriffen werde. Seine Gültigkeit belief sich auf drei Jahre. Die Quertreibereien des Zaren waren dabei so eklatant gewesen, dass er von Beamten des eigenen auswärtigen Amtes als »erlauchter Schwachkopf« bezeichnet wurde. Auch Bismarck machte sich über die Fragilität des Abkommens keinerlei Illusionen und bemerkte mit überraschendem historischen Weitblick: »... auf den möglichen Bruch der russischen Freundschaft in Folge revolutionären Druckes oder Aufruhrs müssen wir mit und ohne Vertrag gefasst bleiben.«

GÄNSESTEISS

Alfred von Waldersee, politisierender General, war ein Anhänger des Präventivkrieges und hatte den Zweifrontenkrieg als unvermeidlich charakterisiert. Bismarck, der spürte, dass hinter Waldersee eine ganz bestimmte Lobby stand, geriet in höllische Wut, wenn die Sprache auf ihn kam. »Es ist, als wenn er vom Gänsesteiß gegessen hat«, meinte er über ihn. »Mit jedem, der durchreist, spricht er über kriegerische Operationen, bald gegen Russland, bald gegen Frankreich, zwischendurch bespricht er auch mal die Möglichkeit, dass man genötigt sein könnte, die Neutralität der Schweiz zu verletzen.«

DER ANFANG VOM ENDE

In geradezu frappierender Übereinstimmung befanden sich in diesen Jahren zwei solch ideologische Gegenspieler wie Friedrich Engels und Bismarck, der 1887 meinte: »In der Politik haben wir ebensosehr mit Parteien wie mit den Nationen zu rechnen. Der Kampf geht heute nicht so sehr zwischen Russen, Deutschen,meint Italienern, Franzosen wie zwischen der Revolution und der Monarchie ... In der Zeit, in der wir leben, mehr noch als zu irgendeiner anderen geschichtlichen Epoche, fordert es das Interesse der großen Monarchien, den Krieg zu vermeiden, weil heute die Nationen stets geneigt sind, ihre Regierungen für etwa erlittene militärische Rückschläge verantwortlich zu machen ... Der Krieg, sei er nun siegreich oder nicht, wird die Revolution in mehr als einem Lande entfesseln.«

NAMENSTAUSCH

Ein Herr aus Livland mit dem seltsamen Namen Trampedang, begeisterter Verehrer des Fürsten, richtete, als ihm ein Sohn geboren wurde, an den damals siebzigjährigen Kanzler die Bitte, seinen Sohn auf den Vornamen Bismarck taufen zu dürfen.

Schon nach einigen Tagen kam die Antwort aus dem Reichskanzlerpalais.

»Ihr Vorschlag, den Täufling Ihres Hauses Bismarck zu nennen, ehrt mich sehr, und ich bin gern damit einverstanden. Sollte mir trotz meines hohen Alters der Himmel noch einen Jungen bescheren, so werde ich nicht verfehlen, ihn – Ihre Einwilligung vorausgesetzt – auf den Namen Trampedang taufen zu lassen.«

Die letzten Jahre

ERINNERUNGEN

Der Tod Kaiser Wilhelms I. bewegte Bismarck nicht nur politisch, sondern auch menschlich. Trotz aller intellektuellen und politischen Differenzen war in den Jahren ihrer Zusammenarbeit eine Bindung entstanden, die tiefer als der augenblickliche Ärger ging. Bismarck, der persönliche Verletzungen im Allgemeinen nur schwer verzeihen konnte, fand bei Wilhelm deswegen immer wieder den Weg zur Versöhnung, weil er wusste, dass der Kaiser es ihm »nicht aus bösem Willen, sondern aus Unverständnis und geringer Sachkenntnis« schwer machte.

Ihm Probleme verständlich zu machen, habe oft »entsetzlich Zeit« gekostet, denn: »Die Hofsprache selbst sei umständlich, er könne nicht einfach sagen: Majestät sind auf dem Holzwege, oder: es ist einfach Blech, was Eure Majestät sagen, oder: Majestät haben von der Politik Ansichten eines Quartaners, sondern das müsse alles in gut gesetzten Redensarten angedeutet werden. Das koste aber sehr viel Zeit. Die Leute, die immer von Kanzlerkrisis sprechen und spotten, wissen nicht, was dazu gehört, mit einem alten Olympier wie dem Kaiser achtzehn Jahre lang auszukommen.«

Seit Schleswig-Holstein habe »er ihm alles schrittweise abringen müssen, und meist gelinge es nur, wenn man immer den Kabinettsrevolver zur Hand habe«.

DER NEUE DIENSTHERR

Nach anfänglicher Sympathie wurde das Verhältnis Bismarcks zu Wilhelm II. bald immer schlechter. »Das furchtbar Gefährliche im Charakter des Kaisers ist, dass er dauernd keinem, momentan jedem Einfluss zugänglich ist und alles sofort zur Tat werden lässt, somit jede Stetigkeit aufhört«, äußerte Bismarck treffend über ihn.

GEBURTSTAGE

Das übersteigerte Geltungsbedürfnis Wilhelms II. machte eine gedeihliche Zusammenarbeit mit Bismarck bald unmöglich. Stets wollte der junge Kaiser im Mittelpunkt stehen, brillieren, administrieren, korrigieren – und dabei hofiert werden. Seufzend meinte Bismarck einmal: »Der Kaiser will jeden Tag Geburtstag haben.«

KAISERWETTER

Als Zar Alexander III. 1889 in Berlin weilte, lud sich Wilhelm II. bei ihm zu Besuch ein, ohne dies vorher mit Bismarck abgesprochen zu haben. Strahlend teilte er es dem Kanzler mit. Dieser schwieg, da er ahnte, dass dem Bequemlichkeit liebenden Zaren dieser Besuch alles andere als angenehm sein musste. Enttäuscht, ja unwillig darüber, dass Bismarck schwieg, rief Wilhelm II.: »Nun, so loben Sie mich doch!« Genau das tat jedoch Bismarck nicht, sondern riet von dem Besuch zum jetzigen Zeitpunkt ab. Verstimmt trennten sich die beiden.

Die Sache hatte insofern ein Nachspiel, als dem Kaiser im Beisein Bismarcks ein Bericht des deutschen Botschafters in London übergeben wurde, in dem die Reaktion des Zaren wegen der Aufdringlichkeit des deutschen Kaisers wiedergegeben wurde: »Il est fou! C'est un garcon mal élevé! – Er ist verrückt. Das ist ein ungezogener Bengel!«

EINE SYMPATHISCHE FORM VON PATRIOTISMUS

Der Kanzler trank gern Sekt – aber es musste schon französischer Champagner sein, dem deutschen Schaumwein konnte er beim besten Willen nichts abgewinnen, zudem vertrug er ihn auch nicht. Als er einmal bei Kaiser Wilhelm II. zu Tisch geladen war, wurde ein Champagner gereicht, der ihm höchst verdächtig vorkam. Er wollte den Kaiser schon nach der

Sorte fragen, als dieser sich damit brüstete, bei Tisch nur deutschen Schaumwein zu reichen – einmal aus Sparsamkeit, weil er ja bekanntermaßen eine große Familie habe, vor allem aber aus Patriotismus.

Bismarck sah den Kaiser lächelnd an und meinte: »Majestät, bei mir macht der Patriotismus kurz vor dem Magen halt.«

SCHÖNHEIT

Johanna von Bismarck pflegte zeitlebens ihre Umgebung mit Kosenamen zu belegen, die meist auf -chen endeten; Lothar Bucher zum Beispiel war bei ihr stets »Büchelchen«. Besonders zahlreich waren die Diminutive für ihren Gatten: »Billchen«, »Papachen«, »Bismärckchen« und – seltsamerweise: Wurm. Eines Morgens erblickte die Fürstin ihren Gatten »zu fast nächtlicher Stunde« sorgfältig angekleidet in der Halle. Er besprach mit seinem Sekretär Dr. von Rottenburg die Post, die mit dem Mittagszug nach Berlin gehen sollte.

Verdutzt rief die alte Dame: »Ottochen, wie gut dir doch die neue Halsbinde steht; du siehst wirklich wunderhübsch damit aus!«

»Ottochen« ließ sich nicht stören, blätterte weiter in den Akten und erwiderte gleichmütig: »Bisweilen kommt es mir wie eine Ungerechtigkeit Gottes vor, dass er mir nicht nur einen großen Verstand, sondern auch eine berückende Schönheit verliehen hat.«

DIE ENTLASSUNG

Windthorst hatte den Kanzler um eine Unterredung gebeten, und Bismarck empfing ihn am Abend des 12. März 1890 in seiner Wohnung. Dieser Besuch war für die Hofcamarilla ein willkommener Anlass, den Sturz des Kanzlers einzuleiten.

In der Absicht, den Kaiser über Windthorsts Besuch zu unterrichten, fragte Bismarck am 14. März an, ob er dem Monarchen nachmittags berichten dürfte, erhielt aber keine Antwort.

Am nächsten Morgen wurde er um 9 Uhr aus dem Schlaf gerissen: Seine Majestät wünsche ihn um 9.30 Uhr zu sprechen. Bismarck machte sich, so schnell er konnte, zurecht und erschien vor dem Kaiser mit der Bitte um Entschuldigung, dass er ihn habe warten lassen.

»Was hat die Unterhandlung mit Windthorst zu bedeuten?«, fragte der Kaiser gereizt.

»Das war keine Unterhandlung, Majestät«, erwiderte der Fürst, »sondern eine vertrauliche persönliche Aussprache.«

»Ich habe ein Recht, vorher zu erfahren, wenn Sie Verhandlungen mit Parteiführern pflegen.«

»Majestät, soll ich meinen Verkehr mit Abgeordneten einer Aufsicht unterstellen? Über meine Schwelle kann ich niemand gebieten lassen.«

»Auch dann nicht, wenn ich es Ihnen als Souverän befehle?«

»Der Befehl meines Kaisers endet am Salon meiner Frau«, erwiderte Bismarck eisig.

»Bleiben Sie im Amt? Wie denken Sie darüber?«

»Ich bin bisher im Amt geblieben, da ich meinem Herrn versprochen habe, auch seinem Enkel zu dienen. Nun ich unbequem werde, bin ich bereit, mich zurückzuziehen.«

Am Vormittag des 17. März erschien der Chef des kaiserlichen Militärkabinetts, Generalleutnant von Hahnke, beim Kanzler und ersuchte ihn, sein Abschiedsgesuch einzureichen; kurz nach Mittag fragte der Chef des Zivilkabinetts, Herr von Lucanus, den Fürsten, warum das Gesuch noch nicht eingegangen sei. Die Antwort lautete, es stünde dem Kaiser ja frei, ihn zu jeder Stunde zu entlassen; das Abschiedsgesuch wolle überlegt sein, da er es bei Gelegenheit veröffentlichen werde.

Am 18. März kam Bismarck der Forderung des Kaisers nach. Zwei Tage später war er entlassen.

NUR EIN SCHRITT

Mit seinem üblichen Sarkasmus, aber wohl doch erheblich mehr Bitterkeit, als seine Worte vermuten lassen, quittierte der Kanzler lakonisch, dass er nun »von der politischen Bühne ins Parterre herabgestiegen sei«.

DIE ALTEN BÄUME

Caprivi, der neue Herr im Reichskanzlerpalais, ließ eine Reihe der schönen alten Bäume, die im Garten standen und die Bismarck besonders liebte, fällen, um vom Fenster einen besseren Ausblick zu haben. Als Bismarck davon erfuhr, meinte er: »Mein Vertrauen in den Charakter meines Nachfolgers (den er selbst ja auch empfohlen hatte) hat einen Stoß erlitten. Ich würde ihm manche politische Meinungsverschiedenheit eher nachsehen als die ruchlose Zerstörung uralter Bäume.«

EINEN KOPF GRÖSSER

Als die Eisenbahn durch den Sachsenwald geführt wurde, besah sich Bismarck auf seinem Morgenspaziergang fast täglich die Bahnarbeiten. Dabei war es ihm alles andere als recht, dass der Wald an der Trasse dem Schienenstrang weichen musste. Aber er nahm sich vor, mit der Zeit zu gehen und seine naturverbundene Landwirtsseele schweigen zu lassen. Eines Morgens entdeckte er, dass eine der schönsten und ältesten Eichen des ganzen Waldes gefällt worden war. Voller Wut befahl er den Verantwortlichen dieser Schandtat, einen Ingenieur der Bahnbaubehörde aus Mecklenburg, auf sein Schloss.

Als ihm am nächsten Morgen sein Diener die Anwesenheit des Ingenieurs meldete, ging er dem Eintretenden wütend entgegen. Doch dann blieb er wie erstarrt stehen: Vor ihm stand ein Hüne, der den riesigen Bismarck noch um Hauptеslänge überragte. Nach einem belanglosen Gespräch über Bäume im Allgemeinen und das Wetter im Besonderen entließ Bismarck den Ingenieur wieder, ohne das Fällen der Eiche auch nur erwähnt zu haben.

»Ich konnte tatsächlich den Ton ›nach oben‹ nicht finden«, erklärte er dann im Kreise seiner Familie, »der Kerl war ja größer als ich.«

EINBILDUNG STATT BILDUNG

Einmal in Friedrichsruh nach dem Selbstverständnis der jetzigen historischen Persönlichkeiten – wobei im Besonderen schon der Kaiser gemeint sein mochte – gefragt, antwortete Bismarck lakonisch: »Daher kommt auch die große Einbildung, weil keine rechte Bildung da ist.«

DIE LETZTE LEIDENSCHAFT

Während eines Essens in Friedrichsruh kam das Gespräch auf die Jagd, früher eine der großen Leidenschaften Bismarcks, die er völlig vernachlässigt hatte.

»Mit den Leidenschaften«, meinte der Fürst, »verhält

es sich wie mit den Forellen in meinem Deich: eine frisst die andere auf, bis zum Schluss nur noch eine einzige dicke übrig bleibt. Bei mir sind im Laufe der Zeit alle Leidenschaften von der einen großen Leidenschaft zur Politik aufgefressen worden. Ich bin zu alt, als dass die früheren Leidenschaften noch einmal wiederkehren könnten.«

EIN BAYERISCHER VEREHRER

Gegen elf Uhr pflegte Bismarck in Friedrichsruh einen Spaziergang zu machen. Um diese Zeit sammelten sich die Besucher vor dem Haus, um ihn, wenn er gegen eins zurückkam, einmal zu Gesicht zu bekommen oder gar das Wort an ihn zu richten.

Eines Tages trat ein Bayer an den Exkanzler heran, drückte ihm die Hand und fragte, ob er eine Bitte aussprechen dürfe. »Aber ja«, erwiderte der. Der Bayer fragte, ob Bismarck ihm eine Blume aus dem schönen Feldblumenstrauß, den er in Händen halte, zur Erinnerung an diesen Tag schenken könnte.

Bismarck suchte mit Sorgfalt sechs Margeriten und sechs Kornblumen heraus und schenkte sie dem Bayern. Als er dann im Haus verschwunden war, meinte der Bayer zu einem Mann, der neben ihm stand: »Schade, dass ich ihm nicht gesagt habe, dass ich ein Bayer bin.«

»Ja, denken Sie denn, das hat er nicht gemerkt? Wo spricht man denn sonst noch diesen Dialekt? Übrigens hat er Ihnen ja auch Blumen in den bayerischen Farben geschenkt – blau und weiß.«

»Jessas Maria, is dös an Zufall …«

»Zufall?«, meinte der Mann und lachte. »Das ist kein Zufall. Bismarck hat noch nie etwas ohne Absicht getan. Nur ging es den meisten Leuten wie Ihnen: Sie haben es nicht bemerkt.«

EIN UNGESCHICKTER JONGLEUR

An den Fähigkeiten seines Nachfolgers hatte sich Bismarck offensichtlich doch getäuscht (obwohl er ihn immer als General gelobt hat), denn dem war nach eigenen Worten das Spiel mit fünf Kugeln (Österreich, Russland, England, Frankreich, Italien) unbehaglich; er wolle sich lieber auf zwei Kugeln (Österreich und Italien) beschränken. Bismarck nannte das diplomatische Geschick des Nachfolgers despektierlich: Capriviolen.

DER PFEIFENENTHUSIAST

Ein Gast in Friedrichsruh drückte einmal seine Bewunderung über die Pfeifensammlung des Fürsten aus. Einen größeren und genussvolleren Raucher als ihn gebe es wohl in ganz Deutschland nicht mehr.

»Doch«, erwiderte Bismarck und erzählte, dass er an der alten Zollgrenze einmal einen hannoverschen Offizier getroffen habe, der für ihn zeitlebens der Inbegriff des Rauchers gewesen sei. Den habe er bei einem seiner Besuche gefragt: er sei wohl, um sich Zerstreuung zu verschaffen, häufig Gast bei den Gutsbesitzern in der Umgebung.

»Nein«, habe der Offizier geantwortet, »die besuchen wir nicht.«

»Na, dann spielen Sie wohl hier viel Karten?«, habe er weiter gefragt.

»Nein«, die Antwort des Offiziers, »Karten spielen wir hier nicht.«

»Dann trinken Sie wohl?«

»Nein, trinken tun wir hier nicht.«

»Ja, was fangen Sie denn dann mit Ihrer dienstfreien Zeit an?«

Worauf ihm die klassische Antwort zuteil wurde: »Immer nur roochen!«

»Der«, meinte Bismarck, »konnte es noch besser als ich.«

TRÄNEN

In Friedrichsruh bemerkte einmal ein Gast, dass es der Maler Franz von Lenbach meisterhaft verstanden habe, den Glanz in den Augen des Fürsten wiederzugeben.

»Ja, ja«, meinte Bismarck lächelnd, »mit dem Glanz hat es seine eigene Bewandtnis. Bei Kälte und anderen

Gelegenheiten kommt der Glanz ins Rinnen, und es fließt mir nur allzu leicht das Wasser aus den Augen. Es ist dies ein Erbe meiner Vorfahren, die zu tief in den Becher geblickt haben – nun fließt mir der Trunk der Ahnen aus den Augen ...«

Jemand bemerkte, dass sich bei Bismarcks Sohn ebenfalls diese Erscheinung zeige.

»Gewiss«, meinte der Fürst, »ihm ist es bestimmt, über die Sünden des Vaters zu weinen.«

WICHTIGE NICHTIGKEITEN

Als Wilhelm II., nachdem Bismarck 1894 einmal in Berlin gewesen war, ihm bald darauf einen Gegenbesuch in Friedrichsruh abstattete, meinte man nicht nur in Preußen: Der junge Kaiser wird sich vom alten Reichskanzler politisch beraten lassen. Die »Hamburger Nachrichten«, gewissermaßen Bismarcks offiziöses Sprachrohr, brachten daraufhin folgenden Bericht: »Der Kaiser hatte die Gnade, den Fürsten Bismarck über die wichtige Frage der Gepäckverminderung des feldmarschmäßig bepackten Infanterie-Soldaten näher zu informieren durch Vorstellung von zwei Grenadieren ...« Sogar »über die Änderung des Kragens, der zum Umklappen eingerichtet werden sollte«, holte Wilhelm II. die Meinung Bismarcks ein.

Über Politik wurde nicht gesprochen.

DAS ENDE

Wilhelm II. kam 1898 zum letzten Mal nach Friedrichsruh. Der Kanzler fühlte den Tod nahen und wollte dem Kaiser noch einmal politisch ins Gewissen reden. Doch der Kaiser erzählte eine Anekdote nach der anderen. Als er sich verabschieden wollte, fand Bismarck doch noch Gelegenheit, ihm die Meinung zu sagen: »Majestät, solange Sie dies Offizierskorps haben, können Sie sich freilich alles erlauben. Sollte dies nicht mehr der Fall sein, so ist es ganz anders.«

EPITAPH

In einem Gespräch mit Christa Gräfin von Eickstedt äußerte Bismarck kurz vor seinem Tode 1898: »Montaigne ließ auf seinen Grabstein meißeln: Peut-être – vielleicht. Ich möchte mir darauf schreiben lassen: Nous verrons – wir werden sehen.«

Tatsächlich aber stand auf seinem Grabstein und war von ihm selbst bestimmt: Otto von Bismarck, ein treuer deutscher Diener Kaiser Wilhelms I.

NACHWORT

Le style c'est l'homme – der Stil macht den Menschen, schrieb La Rochefoucauld zweihundert Jahre vor Bismarck. Im Jahr des 200. Geburtstags von Bismarck stellt sich die ewige Jubiläumsfrage, die auch dieses Nachwort strapaziert: Wer war, wie war dieser Otto von Bismarck? Ist nicht gerade der Mensch von Bildern verdeckt, die sich die jeweilige Gesellschaft von ihm machte: Der Reichsgründer. Der Genius Preußens. Der Übermensch. Der Reaktionär. Wer, bitte, ist der echte Bismarck: Der vierschrötige Preuße mit martialischer Pickelhaube, nie lächelnd, immer den Blick schwermütig ins Zukünftige geschraubt? Der feiste Teutone der Karikatur mit den berühmten drei Haaren auf dem kugelförmigen Glatzkopf? Der ironisch-weise Analytiker preußischer – seiner – Geschichte oder der mit sarkastischer Eleganz formulierende Briefeschreiber. Vielleicht doch der sentimentale Träumer (wie er sich selbst sah) in der Aquarellskizze Adolph von Menzels? Was an den Bildern ist authentisch?

Die Biografienliteratur über ihn ist Legion. Und abgesehen von allzu dick aufgetragener wilhelminischer Hagiographie gibt es keine seriöse Biografie, die bei aller Kritik nicht Sympathie und bei aller Sympathie nicht auch Kritik an dem bedeutendsten deutschen Politiker des 19. Jahrhunderts äußert. Die Sympathie gilt fast immer dem Menschen Bismarck, der plastisch zu formulieren weiß, voller Humor und mit satirischer Schärfe. Kritik muss sich der Politiker gefallen lassen, dessen System der persönlichen Macht auf ihn zugeschnitten war. Und nicht für »Zichorien«, wie sein politischer Ziehvater Roon es in einer Anekdote so treffend bemerkt. Aber nicht nur deshalb kam es später zum Fiasko Preußens.

Der Mensch Bismarck: von wacher, pragmatischer Intelligenz; kein bravouröser Schüler, der fünfzehnte (von achtzehn) im Abitur, mit eher unterdurchschnittlichen Noten in Geschichte, Geographie und Mathematik. Seine Stärke auf dem berlinischen Elitegymnasium »Zum Grauen Kloster« sind die Sprachen: Latein, Französisch, Englisch; später lernt er noch Russisch, Italienisch, Spanisch, Polnisch. Und auch im Deutschen bescheinigen ihm seine Lehrer eine sehr erfreuliche Gewandtheit.

Er studiert Jura, der Weg in den Staatsdienst scheint vorgezeichnet, doch da rebelliert der junge Mann. Als Student durch Schlagfertigkeit – in doppelter Bedeutung – aufgefallen, pfeift er, sehr zum Leidwesen seines besorgten Vaters, auf die Behaglichkeit einer linearen Beamtenkarriere. Nach einer sehr wein-, weib- und gesangfreudigen Sturm- und Drangperiode zieht er sich ins Hinterpommersche zurück, und macht als »toller« Bismarck von sich reden, von seiner Umgebung mit einem Gemisch aus Achtung, Misstrauen und Angst betrachtet. Er ist und bleibt zeitlebens ein Junker, er wird später wegen Steuerbagatellen um jeden Pfennig prozessieren – aber zugleich macht er sich mit bissiger Schadenfreude über seinesgleichen und den Geiz seiner Bauern lustig.

Die Begegnung mit den Brüdern Gerlach wird für seine politische Laufbahn entscheidend. Und das Erlebnis der 48er Revolution, deren Gesellschaftsutopie er nicht begreift – oder nur zu gut begreift. Sein Politikverständnis ist schlicht: hier der Herrscher, dort die Beherrschten. Die haben zu gehorchen, das ist schließlich Gottes Wille. Das wird Zeit seines Lebens so bleiben (was ihn nicht hindert, sich über die Beschränktheit der Herrschenden lustig zu machen – aber auch stets selbst zu gehorchen).

Ein treuer Diener Kaiser Wilhelms I., so sagt er von sich. Auf dieser Basis entwickelt sich das, was man »die Revolution von oben« nennen wird. Nicht Fiktionen bestimmen sein Handeln in der Politik, sondern Realitäten. Direkt und – nach den Schilderungen seiner Biografen und Mitarbeiter – verblüffend offen sagt Bismarck, was er will. Ein Pragmatiker, der nie sein Ziel aus den Augen verliert, denn das ist für ihn alles, nicht der Weg dorthin. Dafür wechselt er schon mal politische Mehrheiten und setzt sich notfalls auch zwischen alle Stühle.

Er führt drei siegreiche Kriege, die Deutschland einigen, geht dabei immer drei Schritte vorwärts und zwei zurück. Gegen den Willen des Kaisers und des Generalstabs schließt er 1866 mit Österreich einen moderaten Frieden und entzweit dadurch Österreich und Frankreich. Den Konflikt mit Frankreich hält er ohnehin für unvermeidlich. Doch den Zeitpunkt wählt er. Nach dem Sieg über den Gegner 1871 geht der Kampf gegen den eigenen Generalstab weiter. Widerstrebend nur stimmt er letztlich der Annexion Lothringens zu, denn hier sieht er den Keim des nächsten Konflikts.

Dann macht er plötzlich gemeinsame Sache mit den

Liberalen und stößt die eigenen Parteifreunde vor den Kopf. Im sogenannten Kulturkampf drängt er die katholische Kirche aus den Interessen des Staates. Und arrangiert sich mit ihr gegen die Sozialisten. Er hält Ferdinand Lassalle für einen der »geistreichsten Menschen« und stellt überraschend »gemeinsame Interessen« fest. Aber er bekämpft die Sozialdemokratie mit allen Mitteln. Politik ist schlichtweg das Primat eigener Interessen, gewissermaßen (s)ein höheres Prinzip; schon in der ersten, aufsehenerregenden Rede vor der Zweiten Kammer des Landtags bezeichnet er »den staatlichen Egoismus« als »die gesunde Grundlage eines großen Staates«. Das bleibt, fern aller Ideologien, seine politische Maxime. Und der Staat ist für ihn der König, seine Klasse – und wohl auch ein wenig er selbst.

Mit rigoroser Effizienz bewirtschaftet er diesen Staat wie sein Rittergut. Er administriert und kujoniert, belohnt und bestraft – nicht umsonst spricht eine der berühmtesten Karikaturen von Zuckerbrot und Peitsche –, legt die Fruchtfolge und die Dreschzeiten fest, bestimmt über Krieg und Frieden. Dabei beherrscht er die diplomatische Kunst, unerwartete Initiativen anderer sogleich machtpolitisch für sich auszunutzen.

Und der Mensch Bismarck? Alle Zeitgenossen berichten übereinstimmend von seiner Liebenswürdigkeit, die entwaffnend ist, seinem trockenen Humor, der Situationen entkrampft, und seiner langsamen, tastenden Rede, die meist in einem sinnlich-konkreten Bild plastisch vor Augen führt, was er meint – und will. Er versteht die Kunst, sich auf Menschen einzustellen und ihre Eigenart sofort zu erfassen. Das kann man nicht erlernen. Entweder man hat es, oder man hat es nicht.

Äußerlich ist er ein Hüne, fast zwei Meter groß. Dabei wirkt auf der massigen Gestalt der Kopf verhältnismäßig klein. Durch den Schnurrbart sieht er martialischer aus, als er ist; dafür hat er schöne Hände, und sogar der nüchterne Schweninger lässt sich zu einer Bemerkung über »die sprechende, überaus reizvolle Bewegung seiner wundervollen Hand« hinreißen.

Schlicht und unprätentiös geht es auch im Hause Bismarck zu. Einfach im Stil, bescheiden, gediegen, maßvoll – außer den ewigen Lastern Tabak und Wein, auch sein Quantum Bier pflegt Bismarck gern und oft zu trinken. Reiten, jagen, eins sein mit der Natur – das sind seine Leidenschaften, bis die eine Leidenschaft zur Politik alle anderen überdeckt.

Bei aller Generosität ist er ein erschreckender Kleingeist gewesen, wenn es um den eigenen Vorteil geht. Er beschwert sich vehement gegen einen falschen Steuerbescheid und klagt, dass überhaupt ein Mann wie er, der so ungeheure staatliche Dotationen empfangen hat, besteuert wird – die Differenz beläuft sich auf insgesamt vierzig Mark. Er verfolgt seine zeitweiligen »Lieblingsfeinde« Windthorst und Lasker (auch andere) mit kleinlichem Gezänk. Und so sagt Fontane ganz folgerichtig über ihn: »Seine aus jedem Satz sprechende Genialität entzückt mich immer wieder, schmeißt immer wieder meine Bedenken über den Haufen, aber bei ruhigem Blut sind die Bedenken doch auch immer wieder da. Nirgends ist ihm ganz zu trauen.«

Nicht einmal in der Anekdote? Für die Anekdote, besser: dem Lesespaß an der Anekdote, zählt weniger der Politiker, sondern der Mensch in seinem »Stil«, seinem Witz, seinem Naturell. Über langweilige Menschen (selbst wenn sie berühmt waren), gibt es keine Anekdoten. Die Persönlichkeit ist gewissermaßen der Rohstoff, aus dem die literarische Gattung erwächst. Aus den mittelalterlichen »Denkwürdigkeiten« und den französischen »chroniques« sich speisend, von Schiller über Kleist bis zu Brecht reichend, hat sie durch diese drei eine eigene Ästhetik begründet: knapp, präzis, entlarvend; oftmals noch pointiert witzig. Womöglich zeigt sich gerade in der Anekdote der Stil des Menschen am einprägsamsten.

Bernhard Thieme

ZEITTAFEL

1815 Otto Eduard Leopold von Bismarck wird am 1. April in Schönhausen geboren

1822–1832 Schulzeit in Berlin

1832 am 10. Mai Immatrikulation als Student der Rechte in Göttingen

1833 ab November Fortsetzung des Jurastudiums in Berlin

1835 am 20. Mai erstes juristisches Examen, ab Juni Beschäftigung am Berliner Stadtgericht

1836 am 30. Juni Referendarprüfung, Anstellung als Regierungsreferendar in Aachen

1837 Juli bis Oktober Reise durch Süddeutschland, ab Dezember Referendar im Regierungspräsidium Potsdam

1838 März bis September Einjährig-Freiwilliger beim Gardejägerbataillon in Potsdam, ab Oktober Dienst im Jägerbataillon Greifswald, gleichzeitig Studium an der landwirtschaftlichen Akademie Eldena

1839–1846 Gutsherr auf Kniephof

1842 Reisen nach England, Frankreich, Italien und der Schweiz

1846 im April Übersiedlung nach Schönhausen

1847 am 8. Mai Eintritt in den Vereinigten Preußischen Landtag, Bekanntschaft mit den Brüdern Gerlach, am 28. Juli Hochzeit mit Johanna von Puttkamer

1848 März-Revolution in Deutschland, ab August Mitarbeiter der konservativen »Kreuzzeitung«

1849 am 5. Februar Wahl in die Zweite Kammer des Preußischen Landtags, nach Verpachtung Schönhausens bezieht Bismarck eine Wohnung in Berlin

1851 am 15. Juli Ernennung zum Bundestagsgesandten beim Bundestag in Frankfurt/Main

1854 am 21. November Berufung ins Preußische Herrenhaus

1858 Regentschaft des Prinzen Wilhelm für den erkrankten König Friedrich Wilhelm IV.

1859 am 29. Januar Ernennung zum Gesandten in St. Petersburg

1861 nach dem Tod Friedrich Wilhelms IV. wird Wilhelm I. am 2. Januar König von Preußen

1862 seit 22. Mai Gesandter in Paris, seit 8. Oktober Ministerpräsident und Außenminister

1864 Februar bis Juli Preußisch-Österreichischer Krieg gegen Dänemark

1865 am 15. September Erhebung Bismarcks in den Grafenstand

1866 Juni bis Juli Krieg mit Österreich um die Vorherrschaft in Deutschland

1867 im April Annahme der Verfassung des Norddeutschen Bundes im Reichstag, liberale Handelspolitik, Bismarck erwirbt Varzin, am 14. Juli Ernennung zum Bundeskanzler

1870–1871 Deutsch-Französischer Krieg

1871 am 1. Januar Inkrafttreten der Reichsverfassung, am 18. Januar Kaiserproklamation in Versailles, am 21. März Erhebung Bismarcks in den Fürstenstand, erhält Friedrichsruh und den Sachsenwald als Geschenk

1872 Beginn des Kulturkampfes

1873 im Oktober Dreikaiserabkommen zwischen Deutschland, Russland und Österreich

1875–1878 Orientkrise mit Russisch-Türkischem Krieg 1877/78

1877 Abkehr vom wirtschaftlichen und politischen Liberalismus

1878 Juni bis Juli Berliner Kongress, im Oktober Sozialistengesetz verabschiedet

1879 Schutzzolltarife beenden die liberale Handelspolitik, Abschluss des Zweibundes zwischen Deutschland und Österreich

1881 Dreikaiserbündnis zwischen Deutschland, Russland und Österreich

1882 Dreibundvertrag

1887 im Juni Rückversicherungsvertrag mit Russland

1888 am 9. März Tod Kaiser Wilhelms I., am 15. Juni Tod Kaiser Friedrichs III. und Thronbesteigung Wilhelms II.

1890 zunehmende Spannungen zwischen Kaiser und Kanzler, der Reichstag lehnt im Januar Verlängerung des Sozialistengesetzes ab, im Februar Wahlsieg der Sozialdemokratie, Bismarck reicht am 18. März sein Entlassungsgesuch ein

1892 im Juli triumphale Reise Bismarcks durch Deutschland

1894 formelle Aussöhnung zwischen Kaiser und Exkanzler

1897 Besuch Wilhelms II. in Friedrichsruh

1898 Otto von Bismarck stirbt am 30. Juli in Friedrichsruh

KURZE ERLÄUTERUNG DER IM TEXT VORKOMMENDEN HISTORISCHEN PERSÖNLICHKEITEN

Abeken, Heinrich (1809–1872); Ministerialrat im Auswärtigen Amt, Bismarcks »Feder«

Achenbach, Heinrich von (1829–1899); preußischer Minister für Handel und Gewerbe 1873–1878

Albedyll, Emil von (1824–1897); preußischer General, Chefdes Militärkabinetts Wilhelms I. 1872–1888

Alexander II. (1818–1881); russischer Zar (seit 1855)

Alexander III. (1845–1894); russischer Zar (seit 1881)

Alvensleben, Gustav von (1803–1881); Generaladjutant Wilhelms I.

Andrassy, Julius der Ältere Graf von (1823–1890); ung. Revolutionär 1849; ung. Ministerpräsident 1867–1871; Außenminister von Österreich-Ungarn 1871–1879

Arnim, Harry Graf von (1824–1881); Gesandter beim Vatikan (seit 1964), Gesandter in Paris (1871–1874), agitierte gegen Bismarck und wurde, da er sich weigerte, Schriftstücke des Auswärtigen Amtes herauszugeben, verhaftet, emigrierte in die Schweiz

Augusta (1811–1890); Königin von Preußen und Deutsche Kaiserin 1871–1888, Gattin Wilhelms I.

Bamberger, Ludwig (1823–1899); liberaler Politiker und Publizist

Beaconsfield, Earl of (seit 1876), Benjamin Disraeli (1804 bis 1881); britischer Premierminister 1868 und 1874–1880

Bebel, August (1840–1913); sozialdemokratischer Parteiführer

Bellachini, eigtl. Berlach (1828–1885); aus Polen stammender berühmter Taschenspieler und Zauberkünstler

Benedetti, Vincent Graf von (1817–1900); französischer Gesandter in Berlin 1864–1870

Bennigsen, Rudolf von (1824–1912); nationalliberaler Parteiführer

Beust, Friedrich Ferdinand Graf von (1809–1886); sächsischer Ministerpräsident, ab 1866 österreichischer Außenminister und Reichskanzler

Bismarck, Bernhard von (1810–1893); Bismarcks Bruder

Bismarck, Ferdinand von (1771–1845); Bismarcks Vater

Bismarck, Fürstin Johanna von, geb. von Puttkamer (1824–1894); Bismarcks Gattin

Bismarck, Herbert von (1849–1904); Bismarcks ältester Sohn, Staatssekretär im Auswärtigen Amt 1886–1890

Bismarck, Malwine von, verh. von Arnim-Kröchlendorff (1827–1908); Bismarcks Schwester

Bismarck, Marie von, verh. Gräfin von Rantzau (1848–1926); Bismarcks Tochter

Bismarck, Wilhelm Graf von (1852–1901); Bismarcks jüngster Sohn

Bismarck, Wilhelmine von geb. Mencken (1790–1839); Bismarcks Mutter

Blanckenburg, Moritz von (1815–1894); Bismarcks Freund, verheiratet mit Marie von Thadden, Mitglied des Preußischen Abgeordnetenhauses 1851–1873 und des Reichstages 1867 bis 1873

Bleichröder, Gerson von (1822–1893); Bankier, Vermögensverwalter Bismarcks

Boetticher, Karl Heinrich von (1833–1907); seit 1880 Stellvertreter des Kanzlers

Boyen, Hermann von (1811–1886); Generaladjutant Wilhelms I.

Brandenburg, Friedrich Wilhelm Graf von (1792–1850); Sohn König Friedrich Wilhelms II. aus der Ehe »zur linken Hand« mit Gräfin Dönhoff, seit November 1848 Ministerpräsident des reaktionären Ministeriums, das im Prinzip von Otto von Manteuffel geleitet wurde

Bucher, Lothar (1817–1892); radikaler Linker 1848, Publizist und Diplomat, später Eintritt ins Auswärtige Amt und Bismarcks engster Mitarbeiter

Bülow, Bernhard von (1815–1879); Staatssekretär im Auswärtigen Amt 1873–1879

Camphausen, Ludolf (1803–1890); preußischer Ministerpräsident März bis Juni 1848

Camphausen, Otto von (1812–1896); Bruder des Vorigen, preußischer Finanzminister 1869–1878

Caprivi, Leo Graf von (1831–1899); preußischer General, Reichskanzler 1890–1894

Carl, Prinz von Preußen (1801–1883); Bruder Wilhelms I.

Delbrück, Rudolph von (1817–1903); preußischer Staatsminister und Präsident des Reichskanzleramtes 1867–1876

d'Ester, Carl (1813–1859); Führer der Linken in der preußischen Nationalversammlung 1848 und Mitglied der Zweiten Kammer 1849, emigrierte im April 1849 in die Schweiz

Eulenburg, Friedrich Albrecht Graf zu (1815–1881); preußischer Innenminister 1862–1879

Falk, Adalbert (1827–1900); preußischer Kultusminister 1872 bis 1879

Fontane, Theodor (1819–1898); Kriegsberichterstatter für die »Kreuzzeitung« in den Kriegen gegen Dänemark, Österreich, Frankreich; der bedeutendste Romancier der wilhelminischen Ära

Favre, Jules (1809–1880); französischer Außenminister 1870/71

Franz Joseph I. (1830–1916); Kaiser von Österreich (seit 1848)

Friedberg, Heinrich von (1813–1899); preußischer Justizminister 1879–1889

Friedrich Carl, Prinz von Preußen (1828–1885); Bruder Wilhelms I.

Friedrich Wilhelm (Kronprinz) (1831–1888); als Friedrich III. Deutscher Kaiser von März bis Juni 1888

Friedrich Wilhelm IV. (1795–1861); König von Preußen 1840 bis 1858

Gagern, Heinrich von (1799–1880); Präsident der Frankfurter Nationalversammlung und des Reichsministeriums 1848

Gerlach, Leopold von (1790–1861); Generaladjutant Friedrich Wilhelms IV.

Gerlach, Ludwig von (1795–1877); Bruder des Vorigen, Appellationsgerichtspräsident in Magdeburg

Gortschakow, Alexander Michailowitsch Fürst (1798–1883); russischer Außenminister (seit 1856) und Reichskanzler 1862–1882

Hahnke, Karl Wilhelm von (1833–1912); Chef des kaiserlichen Militärkabinetts unter Wilhelm II.

Hohenlohe-Ingelfingen, Prinz Kraft von (1827–1892); preußischer General, leitete im Dezember 1870 den Artillerieangriff auf Paris

Itzenplitz, Heinrich Graf von (1799–1883); preußischer Handelsminister 1862–1873

Karolyi, Aloys Graf von (1825–1899); österreichischer Gesandter in Berlin 1860–1866 und 1871–1878

Keyserling, Alexander Graf (1815–1891); Jugendfreund Bismarcks

Kleist-Retzow, Hans von (1814–1892); konservativer Politiker, Freund Bismarcks

Lasker, Eduard (1829–1884); Mitglied des Preußischen Landtags von 1865 bis 1879 und des Reichstages von 1867 bis 1884, seit 1866 Gründer und Führer der Nationalliberalen Partei

Lassalle, Ferdinand (1825–1864); Gründer der sozialdemokratischen Bewegung in Deutschland

Lehndorff, Heinrich Graf von (1829–1905); Flügeladjutant Wilhelms I. ab 1866

Lenbach, Franz von (1836–1904); Maler

Lucanus, Friedrich Karl Hermann von (1831–1908); Chef des Zivilkabinetts unter Wilhelm II.

Mallinckrodt, Hermann von (1821–1874); Mitglied der Zentrumspartei, Regierungspräsident in Aachen

Manteuffel, Edwin Hans Karl Freiherr von (1809–1885); Flügeladjutant Friedrich Wilhelms IV.

Manteuffel, Otto Theodor Freiherr von (1805–1882); preußischer Innenminister seit November 1848, Ministerpräsident und Außenminister 1850–1858

Metternich, Clemens Fürst von (1773–1859); österreichischer Diplomat, Begründer der Heiligen Allianz

Moltke, Helmut Graf von (1800–1891); preußischer Generalfeldmarschall und Chef des Generalstabes 1863–1881

Mommsen, Theodor (1814–1877); Historiker und liberaler Politiker

Motley, John Lothrop (1814–1877); Studienfreund Bismarcks und amerikanischer Diplomat

Mühler, Heinrich von (1813–1874); preußischer Kultusminister 1862–1872

Napoléon III. (1808–1873); Kaiser von Frankreich 1852–1870

Oertzen, Jasper von (1801–1874); mecklenburgischer Minister

Plamann, Johann Ernst (1771–1834); Pädagoge in Berlin

Prokesch-Osten, Anton Graf von (1795–1876); österreichischer Bundestagsgesandter in Frankfurt 1853–1855

Puttkamer, Robert Viktor von (1828–1900); preußischer Kultusminister 1879–1881, dann bis 1888 preußischer Innenminister

Roon, Albrecht von (1803–1879); Generalfeldmarschall, preußischer Kriegsminister 1859–1873

Russell, Odo William Leopold, Lord Ampthill (1829–1884); britischer Botschafter in Berlin 1871–1884

Schleinitz, Alexander Graf von (1807–1885); preußischer Außenminister 1858–1861

Schweninger, Ernst (1850–1924); Leibarzt Bismarcks ab 1882

Stolberg-Wernigerode, Udo Graf zu (1840–1910); konservativer Politiker

Thadden, Marie von (1822–1846); Ehefrau Moritz von Blanckenburgs

Thiers, Adolphe (1797–1877); französischer Politiker und Historiker, Präsident der Republik 1871–1873

Thun, Friedrich Graf von (1810–1881); österreichischer Gesandter in Frankfurt/M. 1850–1852

Tiedemann, Christoph von (1836–1907); Chef der Reichskanzlei 1878–1881

Viktoria Adelheid Marie Luise (1840–1901); 1888 Deutsche Kaiserin und Königin von Preußen, Gattin Friedrichs III.

Virchow, Rudolf (1821–1902); Pathologe, Mitbegründer der Fortschrittspartei

Wagener, Hermann (1815–1899); Chefredakteur der »Kreuzzeitung« 1848–1854, konservativer Politiker und Vertrauensmann Bismarcks

Waldersee, Alfred Graf von (1832–1904); Generalfeldmarschall, seit 1888 Generalstabschef

Wartensleben(-Carow), Hermann Graf von (1826–1921); 1871 Generalstabschef der Südarmee, seit 1878 Stadtkommandant von Berlin

Wilhelm I. (1797–1888); König von Preußen seit 1861 und Deutscher Kaiser seit 1871

Wilhelm II. (1859–1941); Deutscher Kaiser und König von Preußen 1888–1918

Windthorst, Ludwig (1812–1891); obwohl nie Partei- oder Fraktionsvorsitzender eigentlicher Führer der 1870 gegründeten Zentrumspartei

Wrangel, Friedrich Heinrich Graf von (1784–1877); preußischer Generalfeldmarschall

LITERATURHINWEISE

Bamberger, Ludwig: Erinnerungen, Berlin 1899

Bethge, Hans: Otto von Bismarck – ein Lebensbild in Anekdoten, Berlin 1970

Bethge, Hans: Hundert kleine Geschichten um Otto von Bismarck, Berlin 1941

Born, Karl Erich: Bismarck-Bibliographie. Quellen und Literatur zur Geschichte Bismarcks und seiner Zeit, Köln/Berlin 1966

Bismarck, Otto von: Die gesammelten Werke (Friedrichsruher Ausgabe), 15 Bde., Berlin 1924–1935

Bismarck, Otto von: Gedanken und Erinnerungen, Stuttgart 1898

Brandes, Georg: Berlin als deutsche Reichshauptstadt. Erinnerungen aus den Jahren 1877–1883, Berlin 1989

Busch, Moritz: Graf Bismarck und seine Leute während des Kriegs mit Frankreich. Bd. 1/2, Leipzig 1879

Engelberg, Ernst: Bismarck. Bd. 1. Urpreuße und Reichsgründer. Bd. 2 Das Reich in der Mitte Europas, Berlin 1990

Eyck, Erich: Bismarck. Leben und Werk, 3 Bde, Zürich 1941 bis 1944

Fuchs-Hartmann, Werner: Die Berliner Anekdote im 19. Jahrhundert, Berlin 1931

Gall, Lothar: Bismarck. Der weiße Revolutionär, Frankfurt a. M., Berlin 1997 (Neuausgabe)

Keudell, Robert von: Fürst und Fürstin Bismarck. Erinnerungen von 1846–1867, Berlin/Stuttgart 1901
Krockow, Christian Graf von: Bismarck. Eine Biographie, Stuttgart 1997
Liman, Paul: Bismarck in Geschichte, Karikatur und Anekdote, Stuttgart 1915
Lucius von Ballhausen, Robert Freiherr: Bismarck-Erinnerungen, Stuttgart/Berlin 1920
Ludwig, Emil: Bismarck. Geschichte eines Kämpfers, Berlin 1926
Marcks, Erich: Bismarck. Eine Biographie 1815–1848, Stuttgart 1951
Palmer, Alan: Bismarck. Eine Biographie, Düsseldorf 1976
Pflanze, Otto: Bismarck. Band I: Der Reichsgründer, München 1997
Poschinger, Heinrich Ritter von: Fürst Bismarck und die Parlamentarier, Breslau 1894/96
Poschinger, Heinrich Ritter von: Neue Tischgespräche und Interviews, Stuttgart 1895
Poschinger, Heinrich Ritter von: Aus großer Zeit. Erinnerungen an den Fürsten Bismarck, Berlin 1905
Rehtwisch, Theodor: Vom großen Kanzler. Bilder aus dem Leben Otto von Bismarcks, Leipzig 1908
Reiners, Ludwig: Bismarck, München 1970
Schoeps, H.-J.: Bismarck über Zeitgenossen, Zeitgenossen über Bismarck, Berlin 1972
Stolberg-Wernigerode, Albrecht Graf zu: Bismarck-Lexikon. Quellenverzeichnis zu den in seinen Akten, Briefen, Gesprächen und Reden enthaltenen Äußerungen Bismarcks, Stuttgart/Berlin 1936
Syben, Friedrich: Preußische Anekdoten, Berlin 1942, 1967
Tiedemann, Christoph von: Persönliche Erinnerungen an Bismarck, Leipzig 1898
Wolter, Heinz: Otto von Bismarck. Dokumente seines Lebens 1815–1898, Leipzig 1986